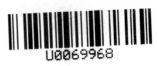

歌神

カシン

The God of singing.

H 著

為什麼，」

「因為……我們之間，已經有愛神了……」

目錄

CONTENTS

自序

關於很多事情，我總是覺得台灣做得不夠多。

包括像是演藝圈、音樂創作市場的一些資料整理或是經典回顧。

好幾年前因為歌唱比賽，才讓一些音樂人重新受到重視。每每在評審席上，某些資深音樂人被稱為某某老師時，我總覺得，那是一種遲來的肯定。

只因為台灣社會太不注重專業了。

不管是台灣本土台語音樂，甚至是後來群星會、民歌時期、流行歌曲，台灣的音樂圈其實有著一段又一段的歷史以及輝煌的紀錄。

但我想，不知道台灣人是不是只會往前看還是不留戀過往，始終沒有專業的人去把這樣的歷史歸納出來，即使有，也是一些讓年輕朋友看了不太有共鳴的節目。

每個時期都有周杰倫、每個年代都有蔡依林，而台灣無庸置疑是華人流行音樂的源頭，卻對這些歷史以及資料，那麼不重視，這現象總是讓我覺得難受。

如何讓現代人知道民歌多麼美好，如何讓現代的小朋友了解李建復的〈龍的傳人〉是如何地動聽，如何讓現代人體會王傑當年造成多大旋風……如果可以將這些經典重現的話，華人音樂的深度應該更可以讓大眾有所感悟，也或許台灣的小眾音樂，會得到更大的市場。

我說過，這不是一本描寫愛情的書，但也許或多或少還是會帶到這方面的劇情。這本書，不想描述曲折離奇的愛情，只是想實實在在說一個關於某人的故事。

華人世界裡，關於電影「賭神」、「食神」或者是「槍神」的故事，大家耳熟能詳，而這樣的人生，似乎走起來，總是不甚平坦。

特別的人，總會有特別的人生、特別的際遇，只不過是好是壞，就見仁見智。

沒有才華的平淡生活，往往會是眾人洗盡鉛華之後最想要得到的。

「歌神」，是我自己愛的題材，也許與之前寫過的愛情小說風格迥異，只不過，依然有H一貫想要訴說的事情隱藏於後。至於每個人看完之後，心領神會哪個部份，那就看眾人緣分啦……

H的第五本書，希望大家會喜歡。

Track 01

人妻的援助

台北市。

某大型日商化妝品公司的會議室內。

這是一間空間很大、裝潢單調的會議室，風格樸實。但是這時候裡面的氣氛卻相當詭異。一名頂著爆炸頭、戴著黑框眼鏡的年輕人，坐在會議桌的一端，另外一端則是兩名日本男人，神情嚴肅地看著他。

這名年輕人的名字叫做高伸介。

「請你說明一下，在這之前從事過哪些工作。」戴眼鏡的日本男人操著非常純正的東京腔日文詢問著，而他的胸前掛著透明名片夾，上面寫著『佐藤』兩字。

伸介整了整自己的褲子，將身子挺得更直。

「我畢業於ＸＸ大學日本研究所，專攻日本社會與經濟。畢業之後，這是我第一個全職工作的面試，在這之前以打工為主。」高伸介的日文發音雖然不像佐藤那麼標準，但是聽起來還算是流利。

「什麼樣的打工？」另外一位眼睛如銅鈴般大小的日本男子開了口，他胸前的名片夾則是寫著『河內』。

「嗯……翻譯……一些關於日本……文學……的書籍。」伸介回答得有點遲疑。他心裡知道並不是他日文能力不好而語頓，而是另有心虛的隱情。

「喔，日本文學？我大學時期主修日本文學，可以告訴我你翻譯了哪些經典作品嗎？」佐藤很有興趣地追問著。

伸介舔了舔嘴唇。

「這個……我翻了很多耶……」伸介額頭上緩緩滲出了冷汗，緊張地推了推眼鏡。

「隨便說一兩本就好，講書名就好。」佐藤則是興致盎然地追問。

伸介嘴邊的肌肉抖動一下後，硬著頭皮說。

「……像是《美女學園》呀、《人妻的援助》……之類……」

兩名日本人一聽，眼睛瞪得老大，隨後爆笑了起來。

「日本文學……哈哈！是這方面呀……哈哈！」佐藤聽完後笑得非常誇張，後仰的身子幾乎快要翻了過去。

沒多久，兩人像是意識到面試依舊在進行當中，趕緊回復自己原本的神態。

「高先生，履歷上寫你家裡只有一位母親，沒有別的親人，是嗎？」

伸介點了點頭，卻在點頭的時候，他的黑人捲捲頭卻滑稽地前後搖擺了起來。

佐藤看得不禁笑了出來，被一旁的河內狠狠瞪了一眼。

「你的髮型……是刻意的嗎？」佐藤問。

伸介帶點不好意思地笑著。

「這是自然捲……不是刻意的……」基本上，伸介的頭就是個黑人頭，不是小捲的流氓頭，而是非常厲害的那種大捲。而這樣的髮型配上西裝，整體看起來相當不自然。

「高先生，你認為自己的優點是什麼？」佐藤壓抑住笑意。

「我很負責、很細心也很認真。」

「可以說一些比較特別的地方嗎？就是一些……你覺得只有你自己會，但是別人不會的事情。」

「我日文通過了一級檢定考！」伸介想了一會兒後說。

「每個來面試的人，都是通過一級檢定，還有別的嗎？」佐藤說。

伸介這時被逼得有點說不出話，畢竟這是他人生第一次面試，他並不知道要如何去表現自己，也不知道該講些什麼，才可以獲得青睞。

會議室內的空氣逐漸凝結了起來，面試人員佐藤開始看起了自己的手錶，而河內則是舔了舔自己的嘴唇，不耐煩的神情表露無遺。

靜默了幾秒鐘之後，佐藤深吸一口氣，看起來像是要終結這次的面試了。這時候他的手機忽然響起來，聽起來是擷取某首歌前奏的來電鈴聲。因為仍是會議中，因此他不好意思地趕緊將手機給切斷。

「這是哪一首歌呀？」沒想到聽完鈴聲的河內，似乎無視面試的進行，充滿疑惑地問起佐藤。

「啊……是那個……一時想不起來……」佐藤說。

「很有名的流行女歌手啦！誰呀？」河內很執著地回想著，可能也是因為面試太無聊了，兩個人竟然隨便找個話題接了下去。

「好像是……」佐藤一隻手在空中比呀比的，說了半天就是擠不出名字。

兩人就這樣陷入了沉思。會議室內寂靜無聲了五秒左右。

「蘋果（Ringo）……」忽然伸介開口了。

「蘋果（Ringo）？」佐藤看了看伸介。伸介遲疑了一會兒，不知自己該不該開口，不過這時兩名日本人的眼光，卻都停留在伸介身上。

「椎名林檎（Siina Ringo）的歌。」終於，伸介說。

「啊啊啊……對對！」佐藤恍然大悟地叫著：「是她的那首……那首……」佐藤敲著自己的頭，卻依舊想不出來。

河內不耐煩地看了身邊的佐藤一眼，會議室內再度寂靜無聲了五秒左右。

「椎名林檎的〈この世の限り〉。」伸介低著頭接著說。

「這樣你就知道什麼歌……？」河內驚訝地看著伸介。

伸介點了點頭。

這似乎引發了河內對伸介的興趣，於是從他自己的口袋裡掏出了手機，接著在按鍵上敲打著，播放出音樂。

「這個知道嗎？」音樂只播放了五秒鐘，就被河內按下停止鍵。

「桑田佳祐〈明日晴れるかな〉。」伸介說。

河內又看了看佐藤，露出了些許驚訝。然後又敲打手機按鍵，再度播放另外一段五秒左右的前奏。

「米西亞〈Everything〉。」

「絢香〈三日月〉。」

「平井堅〈瞳を閉じて〉。」

「Mr. Children〈シーソーゲーム〉。」

河內一連播放了十來首歌，伸介都能在聽完前奏五秒鐘後，說出主唱及歌名。

這事情讓河內和佐藤在幾分鐘後，對伸介刮目相看。

「你對音樂很熟嘛！」河內問。

「我喜歡音樂，非常喜歡！」伸介大聲回應著。

「哈哈哈哈、哈哈哈！好。」河內大笑，然後示意佐藤起身，兩人準備離開會議室。佐藤在臨走之前，回頭對伸介說。

「今天的面試到此結束，請你靜待消息。感謝今天前來，辛苦了。」

伸介急忙起身鞠了個躬，一臉狐疑地站在會議室內。

畢竟，這是他人生第一次的面試經驗。

Track 02

宅男的生活

場景是伸介的國小禮堂內。

很奇妙的，頂著黑人頭的高伸介，捲髮下的臉卻是現在他二十八歲的五官，現身在這個小時候常出沒的地方。

而瞬間，不知道從哪裡出現的背景音樂響轍雲霄，高伸介很本能地拿起麥克風，唱起了當年相當流行的歌曲。而台下也不知道從哪裡閃起了一整片的鎂光燈，此起彼落。

沒記錯的話，那是小蟲譜寫、周華健演唱的〈我是真的付出我的愛〉。伸介吟唱著前面的主歌，音色就像述說著情話給愛人聽一般悅耳。唱到副歌處，更是響透了整個禮堂。但可怕的是，從遠遠的地方，一個打扮得有如小公主的女孩走了過來，而伸介怎麼樣都看不清楚她的臉。

伸介一邊唱著歌，一邊揮手要女孩過來。

但是女孩走到一半，腳步就停了下來。這時她全身像是痙攣似地抽搐著，接著就在伸介的面前開始狂嘔。這個畫面，讓伸介的歌聲，走調了……

伸介從來沒有走音過。自從他有記憶以來，就從來沒有在唱歌的時候走音過，就算是再怎麼樣吵雜的環境……

這個驚嚇，讓伸介無法接受，心裡一陣驚慌之後……醒了。

因為這個可怕而奇特的夢，伸介終於在他那不到十坪大小的房間內醒來。他的汗衫，被冷汗濕透。

伸介大口大口地喘著氣。

「幹嘛？又做惡夢？」冷不提防，伸介自己一個人住的小房間裡面，忽然有別人的聲音出現。

「哇靠！祐希，妳怎麼進來的？」伸介雖然驚訝，但也不太緊張，畢竟祐希在他房裡出現，也不是什麼太值得大驚小怪的事情。

「你房門沒鎖。」一頭短髮的祐希，冷冷地說著。

剛睡醒的黑人頭雜亂無章，加上一臉睡意的眼神，伸介看起來活像個流浪漢。

「你趕緊去刷牙洗臉唷，不然等一下狗子和我朋友來了，就要開打了。」祐希起了身，直接將伸介房間靠著牆壁的那張麻將桌攤開。

「你們當我這邊是賭場呀？我還在睡覺耶！」伸介抓著頭說。

「拜託，每次打牌贏錢的還不都是你，你廢話個什麼勁呀！」祐希很快地架好了桌子，並且把麻將拿了出來。

「說得對，贏錢的人還嘮叨什麼……」聲音從門外傳來，說話的是有著大大啤酒肚的男子，頂著一個大平頭，腳下踩著一雙人字拖。

「狗子，你今天不用上班喔？」伸介戴起眼鏡，起身走到廁所，開始準備刷牙洗臉。

「我今天休假。」大平頭回著話。

「最好你每天都休假勒，你這個月已經休十幾天了吧！」伸介滿嘴牙膏泡沫。一旁的祐希已經彎下腰，伸手在伸介的床底下探索著。

伸介這時從鏡子反射中看到了祐希的動作，急得趕緊跑出浴室大叫。

「妳要幹嘛啦！」伸介一手握著牙刷，一手抓住了祐希的手。

只不過祐希的動作比伸介還快。

「我要找麻將和籌碼呀！這是啥？」祐希高舉著她從床底下搜出的東西，顯然是一本剪貼簿。

「哇靠，你宅男喔！一個日文碩士竟然幹這種事情，你該不會每天看這個在打手槍吧？」祐希大叫著並且翻閱。

剪貼簿裡的內容幾乎都是同一個人的照片以及新聞，看上去是一位偶像女明星。

狗子順手將祐希手上的剪貼簿接了過來。

「伊娃？媽呀高伸介，你喜歡這種公主風的女生？」狗子看到一半就被伸介狠狠地給搶了回去。

「關你們屁事呀！不是要打牌？趕緊拿麻將啦！」伸介沒好氣地將剪貼簿再度放回床底下。

面對這兩個好友，他的確沒輒。

狗子和祐希都是伸介國中時期的好朋友。狗子是同班同學，但祐希就比較特別。國一下學期才從外校轉來的祐希，一直以短髮平胸的造型出現，雖然五官清秀，但伸介和狗子心裡都清楚，她對男人沒興趣。只不過，大家心照不宣，三個人的感情總是如兄弟般密切。

伸介記得最清楚的一件事情是，國中時期因為在走廊上撞到了隔壁班的大哥，引發了校園戰爭。大哥帶了十幾個人在門口準備圍剿他，沒想到一旁的祐希卻出面要保護他，隔壁班的大哥一看是個女生反而下不了手，就這樣，祐希阻止了一場惡鬥。

從那次之後，伸介就知道祐希不是一般女孩子；狗子和他們之間，也因為這樣廝混而感情與日俱增。

國中畢業後狗子就去當學徒了，直到現在，已經是餐廳的主廚；祐希大學畢業後，則是到雜誌社當起廣告業務，因此常常中途翹班跑來伸介家裡。

伸介心裡很清楚，這兩個好友知道他研究所畢業後沒有工作，因此刻意找了牌搭子來，藉機讓他賺點外快。

讓人嘖嘖稱奇的是，伸介總是會贏錢。

於是研究所畢業後到現在的這半年多，伸介就一直過著白天打牌、晚上打鍵盤翻譯日文情色文學的生活，兩份收入也夠養活他自己了。

只不過，對單親家庭的伸介來說，這樣的薪水遠遠不夠。他心裡想的是，有朝一日，自己賺的錢可以讓宜蘭的母親不用再去餐廳幫人家洗碗，也不用再住在親戚的家，供人家使喚。

沒多久，祐希的朋友來了。

「在這種地方打牌？」這是祐希帶來每個新朋友，看到伸介的房間後統一的反應。因為這裡實在太小、太亂了。

祐希點點頭。

「好了，別廢話了，上桌！我們打一百二十，正字正花、卡張獨聽有台、沒有一炮兩響，不過有三響、沒有尼姑尼姑、大三元清一色都是八台……」祐希一口氣唸完了他們平時打牌的規則後，伸介連那朋友的名字叫什麼都還不清楚，就已經開始了。

每次上桌，伸介總是抱以最認真的態度。

因為，他沒有錢，他不能輸。

很幸運地，一直到了晚上十點半左右，結算下來這天贏了四千多元。

接下來幾天的生活費總算有了著落。

Track 03 酒席間的往事

隔天是週末，而今晚伸介贏了錢，做兄弟的，當然不能就這樣各自回家。

於是伸介和祐希一同來到了狗子工作的餐廳。

「狗子哥！」餐廳裡面的師父跑出來招呼著。

「我兄弟來喝酒啦！看冰箱還有些什麼菜，反正已經這麼晚了，通通弄出來給我們下酒吧！」

「好！」廚房裡的師父吆喝著。

沒多久，三個人的面前就出現了滿滿一桌菜餚，一旁的冰啤酒早就準備好了一打放著。

「敬我們伸介賭場得意唷！」狗子舉杯，三人高興地一飲而盡。「說真的，那把七索自摸，真的是重點。」

「對呀，海底都出現兩張了，而且大概也沒剩幾張可以摸，沒想到還讓我摸到！就是那一把之後，我開始轉運。」伸介高興地回想著。「要是人生也能這樣，一把轉運就好了……」

一旁的祐希舉起了杯子。

「感性個屁呀！你這個宅男，喝酒吧！」

「哈哈哈，好，喝！」伸介一口一杯。

就這樣，三人聊著一堆言不及意的話，每一句話卻也都能成為乾杯的理由。

「媽的，那一次我真的嚇到屁滾尿流。我說：『關我什麼事情呀？』我又不是故意撞他的，竟然要來堵我，真他媽的！」伸介的酒意已經不少。

「你們兩個都沒種，還要我出來講話！」祐希也回憶著，大聲喊著。

「哈哈，國中的時候真是好玩耶！」狗子乘勢也喝了一杯。

「對了，伸介，你怎麼會喜歡伊娃那種女孩？公主風耶，你喜歡那種公主風喔？」狗子說。

「伊娃有什麼不好的？她才小我們一、兩歲，現在就已經是偶像歌手了，既漂亮又會唱歌……有什麼不好的？」伸介晃頭晃腦著。

「你怎麼會愛公主？拜託，你小學發生了那件事，我真不敢相信你怎麼還會喜歡公主型。」狗子笑。

「小學？小學什麼事呀？說來聽聽。」祐希起鬨著。

「沒有啦、沒有事啦……」伸介揮著手。

「幹，最好是沒有啦！你們兩人知道，就我不知道。」祐希有點火了。

這時候伸介被祐希罵得有點清醒了過來。

「好啦，沒什麼大不了的事情，就很小的事情啦。」

「沒什麼你就說呀！有什麼不能講的喔？」祐希說著。

「好，我說。嘿嘿，可是我說完之後，我也有事情要問妳喔……」伸介看似已經醉了。

「我沒有什麼隱瞞的，你先說吧！」

「就是呀，小學的時候，我被選出來在全校面前唱歌，我還記得我唱的是周華健的〈我是真的付出我的愛〉，結果在禮堂裡面，我站在台上，遠遠地看到禮堂門口有一個女孩子，穿著公主蓬蓬裙，我忘記她長什麼樣子了，可是我知道，我好喜歡她唷！因為我覺得我是對著她在唱歌的……」伸介喝了口啤酒。

「然後呢？」祐希問。

「那個不是重點啦！後面我來說……」狗子搶話：「那一次之後，伸介就紅了呀！結果就有隔壁班的女孩子來找他約會。沒想到，他跟人家出去之後，因為太害羞，竟然就在女生面前吐了！哇哈哈哈，好像有吐在人家身上對嗎？哈哈哈！」狗子狂笑著。

「沒有啦，反正就是吐了啦！結果因為當時我很紅，這消息就這樣傳了出去，從那之後，就再也沒有女生敢接近我了，校園裡都流傳著—伸介害怕女生。」

「原來是這樣呀！那……那個伊娃又是怎樣？」祐希問。

「沒怎樣呀，嘿嘿……」伸介自己把眼睛閉了起來，臉上充滿怪異表情。

「媽的你這個宅男，明明表情都變了，還說沒怎樣！」祐希給了伸介一拳。

「唉唷，很痛啦！我有查過，那個伊娃竟然跟我是同一所小學！我懷疑她就是當年我在唱歌時，在禮堂看到的那個小公主。」

「你媽勒，最好是有這麼浪漫！小學的長相我就不信你現在兜得起來。」祐希又乾了一杯啤酒。

「我不用記得呀！總之我覺得伊娃不錯呀。反正幻想又不用花錢，真是……倒是妳，嘿嘿……」伸介奸笑著。

「什麼?你要說啥?」祐希說。

這時候伸介和狗子兩人互看了一眼。

「伸介你想要問那個喔?嘿嘿……」狗子也奸笑了起來。

「對呀，你真瞭解我耶！」伸介笑。

「什麼啦？你們有話快說、有屁快放！」祐希說。

伸介又拿起了杯啤酒往肚子裡灌了下去。

「國三那年在福利社後面，我們有看到唷……」伸介笑說。

「我們有看到唷……」狗子也幫腔。

「什麼鬼啦？」祐希有點怒了。

「我們有看到有一位很漂亮的學妹，拿了封信給妳唷！妳真的不簡單，比我們還受歡迎。」伸介藉著酒意說了出來，因為他和狗子兩人懷疑祐希是女同志已經好多年了，一直不敢當面講。

「我看到妳很酷地收下了信！結果，妳到底有沒有和人家交往呀？」狗子一副幸災樂禍的樣子。

「原來是這個呀！」祐希說。「唉唷，我不是啦，你們想太多了……」祐希無奈地講著，看起來有點快要不行了。

「妳不用瞞著我們啦！大家好兄弟也不會和妳搶！」狗子說。

「你們有病！有空來我家，給你們看照片。我以前也有女人味的，是因為和你們混了之後……」

「噗哈哈哈！好，有空、有空去妳家看相片……」伸介笑著說。

「我不行了啦，我要閃了……」祐希抱著自己的頭打算站起。

「要不要送祐希回去呀？順便看看她女人味的照片，噗哈哈……」狗子說。

祐希顛顛倒倒地走著，一手在空中揮舞著表示不用送。

「她沒問題啦！」伸介看著走遠的祐希，自己也已經意識模糊了。

Track 04

田中與美奈

距離狗子餐廳喝掛的那晚，到這天晚上已經隔了三天的時間。

晚上的十一點十五分，伸介正窩在自己的小房間中與「日本文學」搏鬥著。

「田中這時候緩緩解開了美奈襯衫胸前的釦子，因為太過興奮，他的手指不停地顫抖著。只因為，美奈在白天是他的頂頭上司。雖然私底下曾經幻想過自己與她在床上纏綿的情景，但真的碰到了卻又不免緊張。等到釦子都解開了之後，她的蕾絲胸罩，讓他一時之間看傻了眼……」

伸介一口氣打完了這一段文字，完全沒有看原文，只因為他自己了解，床戲的內容大同小異，而且閱讀這類文學的人，也沒有人會拿原文來做比較，任憑自己想像馳騁，更節省時間，也更有揮灑空間。

從頭閱讀了一次，自己感到很滿意。而這時候電腦裡另外一個執行的程式，已經下載完成。

「嘿嘿，Coldplay 的專輯下載完成啦！」

一邊看著 BT 幫他抓的幾百首歌曲，另外一邊開著 Word 翻譯著他的打工內容。

事實上，伸介從大學開始下載的歌曲，可能已經超過了數十萬首，除了因為非法下載便宜又方便之外，他真的非常喜歡聽歌。

小學時期開始，伸介就跟著母親學唱台語歌曲，從羅時豐的〈買醉〉到葉啟田的〈愛拼才會贏〉，上了國中後還有華人流行的港劇歌曲，從張國榮到林子祥、從〈鐵血丹心〉到〈斤兩十足〉；接著上了高中後，開始聽 A-ha 樂團、歐洲合唱團，英文歌曲的世界，他也沒放過。

讀了日文系以及研究所後，伸介更把對音樂興趣的觸角延伸至日文歌曲。從早期的恰克與飛鳥到中期的平井堅，就算是中島美嘉等偶像歌手的歌，也能琅琅上口。

伸介常常在洗澡的時候練唱。他喜歡模仿並且學習新的技巧，從最早張雨生高亢清晰的歌喉，到陶喆的美式唱腔；接著國語歌壇各時期代表人物的唱法，他幾乎都學得唯妙唯肖。他不覺得自己唱歌好聽，但是覺得自己什麼歌曲都會唱，甚至到了這幾年難度很高的 R&B 曲風，也都可以隨心所欲地駕馭。

「田中被美奈的舌尖挑逗得忍不住全身發抖。他不禁懷疑，身為主管的人，是不是連這方面都比同儕還要高人一等。只不過，身為男人的他在這種時候可不能示弱，於是田中這時轉守為攻，他打算結束前戲，於是掏出了他的……」伸介的手指在這時停頓了下來。

「呃……陽具？龜頭？那話兒？這個時候該用什麼詞比較適合？」伸介用手指

敲打著桌面，這是他找不到適當用詞時，常會出現的動作。

忽然，手機響了。

手機鈴聲是T&D的舞曲，前面幾個重節奏的開場，非常吸引伸介。

「喂，狗子喔，怎樣？」伸介說。

「嘿嘿，小弟弟，該你登場了啦！」電話那頭的狗子，怪里怪氣地笑著。

「小弟弟是嗎？好耶！你真是好兄弟！小弟弟不錯，先用小弟弟，等等後半段才會陸續出現比較強烈的字眼，非常好的鋪陳！」

「鋪你個頭啦！我現在在中華店，需要你啦！快來！」

「喔！」

「多久到？」狗子說。

「等我把田中和美奈這場床戲寫完……」伸介邊看著電腦邊說。

「叫他們等等再搞啦！等你回去再讓他們兩個搞啦，你先過來啦！」狗子急了。

「好啦好啦！」

「多久？」

「十五分鐘。」

「儘快唷！」狗子的電話掛了。

伸介望著電腦半晌，還是決定先把「小弟弟」給填上去。

基本上，狗子半夜呼叫伸介早已不是第一次了。喜愛夜生活的狗子，常常會認識台北市內的各路朋友，而除了喝酒之外，唱歌也漸漸變成了走跳夜生活的人必備的本領。

在 KTV 裡面也演變出特別的文化。當你唱得好，很多好事都會跟著你。尤其是之前歌唱節目盛行，比歌、尬歌成為了一種文化。

問題是，狗子歌喉不怎麼樣，但是卻又很愛交朋友。於是，熱愛唱歌的宅男伸介，就變成了狗子的祕密武器、把妹的壓箱寶。

只不過，伸介一個人其實不太敢去 KTV 這種地方，畢竟他是個真正的宅男，只喜歡自己在家裡唱歌。

但是以往的經驗也告訴伸介，在外面唱歌可以聽到更多不同的聲音以及歌唱技巧，雖然不像歌手那樣熟練，但是可以聽到多樣化的音樂，這一點讓伸介非常高興。

於是伸介關了電腦，隨手拿了摩托車鑰匙，便往中華店前進。

夜晚的中華店一帶還是非常熱鬧，看得出來現在才正是 KTV 的熱門時段。

伸介在一樓大廳處看到了狗子的留言，搭了電梯直上八樓。

806。

每一次、每個包箱號碼總是讓伸介興奮莫名，因為他不知道今天晚上會遇到什麼樣的人，在同一間包廂裡唱歌，也不知道對方會唱什麼樣的歌。

806到了。伸介緩緩推開了門，煙霧瀰漫中他看到狗子坐在點歌機前方，旁邊的妹子個個長腿嫵媚。只不過，狗子這時看起來有點沒精神。

「伸介，你來了喔！」狗子一看到伸介立刻起身迎接，然後要他點歌。伸介掃了一下包廂內的成員，看到除了狗子之外，祐希也到了。而另外一邊則是兩個沒看過的男人，以及一群很辣的正妹。

「欸，綁頭巾那個，很強……」

伸介微笑了一下，往祐希身邊坐了下去。

祐希和狗子心裡知道，今晚，這個房間裡的好戲，才正要開始……

Track 05

認錯的娘子

伸介才剛坐下，身旁的祐希已經開始使眼色。

「十五分。」祐希說。

伸介點點頭。

這是伸介和祐希兩人間的默契，也是歌唱節目「星光大道」的評分標準。五個評審，每個人最多給五分，用來計算選手的分數。

這時對面綁頭巾的男子拿起了麥克風。

「狗子，你朋友嗎？我叫阿賢。」這位自稱阿賢的男人，看起來並不打算聽伸介自我介紹，因為這時候他點的歌已經出來，話沒說完阿賢就唱了起來。

『I don't belive it，是我放棄了妳，只為了一個沒有理由的決定……』阿賢拿著麥克風，一開口，圓潤的喉音就讓人體會到他模仿優克李林中的林志炫，那字正腔圓的唱腔。

伸介在一旁聽著，看向祐希比著二十的手勢。

祐希搖頭。

『怎麼才能讓我告訴妳，我不願意，叫彼此都在孤獨裡忍住傷心，我又怎麼告訴妳，我還愛妳，是我自己，錯誤的決定……』第一段唱完之後，阿賢趁著間奏拿著麥克風又說了幾句話。

「不好意思，我們唱歌，都比較喜歡挑戰難度較高的歌！」阿賢一邊說，旁邊的女孩子一邊鼓噪著，似乎他就像個歌王一般。話沒說完，主歌音樂又進，他依舊用矯情的模仿唱法，一字一字吐著歌詞。

這時候祐希找來了另外一支麥克風，遞給了伸介。祐希用嘴巴示意伸介是時候出手了，伸介苦笑。

〈認錯〉這首歌的精髓，除了前半段的鋪陳與鋼琴伴奏之外，重點在於最後一段副歌會有疊唱的高音插入，那是在錄音室用兩軌錄音才有辦法做出來的效果，伸介很清楚。

於是，就在阿賢唱著副歌『怎麼才能讓我告訴妳，我不願意，叫彼此都在孤獨裡忍住傷心，我又怎麼告訴妳，我還愛妳，是我自己，錯誤的決定……』正拖著長音的阿賢，沒料到伸介這時插了進來。

『怎麼才能讓我告訴妳，我不願意……』伸介一開頭就以超完美的假音插入，這讓阿賢一時間聽傻了，頓時回過頭尋找聲音來源，才看到黑人頭的伸介，正拿著麥克風輕鬆地唱著。

『我又怎麼告訴妳，我還愛妳……』最後一個字的飆高音，真假音互換，對於長年練習的伸介來說，這根本就是基本功。於是，順利唱完最後一段後，辣妹們都鼓噪了起來。

「狗子，你朋友好會唱喔！」

「你叫什麼名字呀？」

「阿賢遇到對手了喔！」其實對於狗子和祐希來說，他們壓根就不覺得有人會是伸介的對手，因為就唱歌而言，他們兩個太清楚這個哥兒們，可以唱到什麼境界。

「你抒情歌唱得不錯。」阿賢看起來臉上有點掛不住，隨便搪塞了一句話，坐了下來，拿起歌本準備插播。

果然，在優克李林之後，一下子就出現了周杰倫的〈娘子〉。

「沒關係，這首不會唱的人跟著打拍子就好。」阿賢鼓動大家舉起雙手和他一起搖擺。他心中認定沒有人會唱，就算有，也不會唱得比他好，因為這首歌可以說是周杰倫的 Rap 歌曲中，最難唱的一首了。

『娘子，娘子卻依舊每日折一枝楊柳，妳在哪裡，在小村外的溪邊河口默默等著我。娘子，依舊每日折一枝楊柳，妳在那裡，在小村外的溪邊默默等著…娘子……』阿賢順利唱完了開場的副歌，接下來的 Rap 卻是荒腔走板，歌詞完全沒有對在拍子上。只不過，阿賢還是很 High 地要大家高舉雙手，一副自己開起演唱會的樣子。

『一壺好酒，再來一碗熱粥，配上幾斤的牛肉，我說店小二，三兩銀夠不夠，景色入秋，漫天黃沙掠過，塞北的客棧人多，牧草有沒有，我馬兒有些瘦……』

這一整段歌詞，阿賢唸得零零落落，自己雖然也發現唱得不準，但是他卻認定他已經是一般人裡面唱這首歌唱得最好的了。

「沒辦法，這歌太舊了沒導唱，不然我就可以讓你們知道這首歌有多難唱……」阿賢正得意地吹噓著自己有多強時，忽然有如導唱一般正確的 Rap，每一字、每一拍都精準的歌聲環繞在大家的耳邊。

「欸?這首歌有導唱?」阿賢看著包廂內，才發現是剛才那個讓他沒台階下的黑人頭，拿起麥克風 Rap 了起來。

不是導唱，是伸介的聲音。

『天涯盡頭，滿臉風霜落寞，近鄉情怯的我，相思寄紅豆，相思寄紅豆，無能為力的在人海中漂泊……』

伸介在這首歌每一句的第一個字都提早一拍唱出，這是周杰倫這首歌的精髓所在，甚至連最後的疊音，伸介都順利完成。而一旁的阿賢，早已經說不出話了。最後這場鬥歌，就在伸介重複著副歌『娘子，娘子卻依舊每日折一枝楊柳，妳在那裡，在小村外的溪邊河口默默等著我。娘子，依舊每日折一枝楊柳，妳在那裡，在小村外的溪邊默默等著……娘子……』的旋律中緩緩落幕。

在這首歌之後，阿賢再也沒有碰過麥克風。阿賢發現他所點的每一首歌，不管是快歌、慢歌、瞎歌、外語歌，伸介都能信手拈來，唱得鏗鏘有聲，有如導唱一般正確，完全聽不出瑕疵。

約莫過了三十分鐘左右，整個包廂已經都是狗子和伸介的聲音，偶爾祐希也會唱個幾句。辣妹們圍繞在狗子身旁，只期待伸介下一首可以再唱出什麼特別的歌。

而阿賢和他的朋友，不知道什麼時候已經消失在這個包廂裡了。

夜復一夜，一如狗子與祐希所想，只要伸介一到，整個包廂就會變成他們的場子。雖然他們不是故意的，但是只要有人挑釁，他們就不得不叫出伸介來，因為他們知道，伸介到底有多強！

不過這時候的他們，並沒有想過，伸介這般唱功，究竟是好、是壞……

Track 06

宜蘭黑狗兄

宜蘭。

某個小餐廳的廚房裡，一個捲捲頭的大嬸正蹲在自來水龍頭邊，洗著整盆碗碟。

「阿水姨，妳兒子來了唷！」從前場傳來的聲音，讓這個叫做阿水姨的女人站了起來。

阿水姨約莫五十幾歲，微胖。只不過一頭捲髮配上豐腴的雙頰，讓人看了感覺很有喜感。

「介仔，你回宜蘭喔？」阿水姨看著走進廚房的年輕人說。

「對呀，媽，我來幫妳洗啦！」說話的人不是別人，正是高伸介。

伸介通常沒事都留在台北，窩在自己租的小房間裡面，很不容易才會回來老家看看母親，並不是他不想回來，而是心疼她，不願意每次回家看到她辛苦工作的樣子。

「不用啦，媽自己洗就好，而且，已經快要洗完了。」阿水姨說完後，繼續蹲在水龍頭邊，將剩下的碗筷熟練地沖洗著。

一旁的伸介，傻傻地站著，好一會兒才像是忽然想起什麼似的，趕緊從褲子口袋中，掏出了幾張鈔票。

「媽，這給妳，我打工賺的！」伸介將幾千元的鈔票塞到了阿水姨面前，顯然那是前幾天打麻將贏的。阿水姨笑了。

「介仔，媽又不是沒錢，你打那種工賺不了多少錢，自己留著用吧！」阿水姨看都不看，繼續將剩餘的碗筷用力搓洗著。

伸介握著鈔票的手，在空中停格了幾秒，有那麼點尷尬。於是伸介又將手收了回去，將錢放進了自己的口袋中。

「好啦，媽忙完了，晚一點要和賣青菜的阿標、還有燒臘店的阿源他們在里民會堂唱歌，你都見過的，一起來！」阿水姨開心地拍著伸介的背。

「喔。」伸介不置可否地應著。

晚上七點多。里民會堂內，阿水姨和伸介以及其他好幾個不同店家的中年人們，正開心地唱著歌。

『我沒醉我沒醉沒醉，請你不通同情我，酒若入喉，痛入心肝……』江蕙的經典招牌台語歌，在這樣的環境裡面，由賣菜阿標的老婆標嫂唱出，別有一番風味。

「介仔，來，長這麼大啦，和源叔喝一杯！」

源叔一手拿著酒杯，一手抱住伸介，只不過酒杯內的黃酒氣味，嗆得伸介有點喘不過氣來。

「我、我喝啤酒啦……」伸介舉杯一飲而盡。

「好，好酒量！伸介，好久沒有聽你唱歌，來，今天要表演一下，讓我們享一下耳福！」

里民會堂裡面的螢幕不大，音響設備更差，對於阿水姨他們來說，將Echo調到最大所產生的迴音，就是最棒的音質。

伸介莫名其妙地被推上了舞台，哈林改編版的〈山頂黑狗兄〉前奏已經瀉滿了整間會堂。

『山頂彼個黑狗兄，伊是牧場的少爺……』伸介輕快地唱著，這首歌的重點在於將台語咬字必須展現得漂亮，當然最重要的是最後真假音變換的高潮，只不過這對於伸介來說，難度相當低。

隨著伸介的歌聲，阿水姨、阿源、標嫂等人都壓抑不住愉快的心情，一個一個跳至場中，跳起了舞。

伸介看著大家的表情，更是開心地唱著。他知道這不是鬥歌，沒有人會忌妒，沒有人會在意音準，這就是唱歌的好處，隨著音樂，大家的心情都可以在轉瞬間從地獄跳到天堂。

幾首歌過後，伸介發現母親獨自一人在里民會堂外吹著風。伸介放下了麥克風，脫離卡拉 OK 的歡樂走到她身邊。

「媽，怎麼了？」

「沒事啦，喝多了，我出來吹吹風。」阿水姨微笑著。

「媽，妳再忍一下，我會賺錢讓妳過好生活的！」伸介平時說不出這種話。

「哈哈，我又不苦，忍什麼？傻孩子，而且你要靠什麼賺大錢呀？你過得好，媽就高興了啦！」阿水姨邊說邊摸著伸介的頭。

「我……」伸介說不出話來。因為他自己也知道，他實在沒有什麼可以賺大錢的本事。

「唉唷，阿水，快來啦！妳的〈我的心裡只有你沒有他〉來了啦！」燒臘店阿源的聲音，打亂了伸介的思緒。

「喔喔，好喔！」阿水姨聽完立刻跑進去里民會堂，只留下伸介自己一個人在外頭，吹著晚風。

伸介當晚沒有回台北，留在宜蘭和母親一起擠在阿土姨的房子裡。阿土姨是伸介母親的姐姐。雖然母親住在她姐姐家，但是要幫忙掃地、煮飯、洗碗，每個月還要繳三千元左右的房租。

伸介常常不能理解，這樣的親戚到底是哪裡親?也因此，他總是認為母親被阿土姨欺負。他在少年時期就發誓要將母親帶離這個家，給她過好生活。

不過因為前一天晚上，燒臘店阿源叔的攻勢太猛烈，伸介幾乎是醉倒在地板上，一直到中午十一點左右都還醒不過來。

忽然手機響了，這時候的伸介，終於意識稍微清醒。事實上，當天早上已經有十八通未接來電了。

「喂，高先生嗎?」

「嗯……是……」伸介還在茫然中。

「我們是ＸＸ日商化妝品公司，前一陣子您有過來面試，這通電話是要通知您，您已經錄取了。麻煩請於後天早上八點半準時報到。謝謝，再見。」

手機依舊在伸介的耳邊，而他卻沒有醒來。

只不過，這通電話意味著，伸介的日商職場生活，即將展開。

Track 07

天使的邂逅

穿著西裝、打上領帶的伸介，看著鏡中的自己，覺得很可笑。尤其是配上他那顆爆炸頭，更是有一種無法言喻的違和感。

不過，這一切伸介都覺得不重要。因為他打定了主意要好好上班、認真工作、努力賺錢，讓母親可以搬來台北，過好一點的生活。

這身扮相就連在捷運上，伸介都覺得自己被別人注視著。雖然這不是第一次，因為他的爆炸頭實在太招搖，現在又配上西裝，看起來就像是整人節目裡面或是電視劇的角色一般。

到了公司，填好人事資料表後，當天那個眼睛很大的河內先生，來到了他的面前。

「好好做，我很看好你！」河內先生說了一口標準的中文，看起來面試當天說日文，是在測試自己的日文程度。

「是，我會加油的！」伸介大聲打著招呼，雖然他也不知道，接下來要做些什麼樣的工作。

這是間日商貿易公司，專門做化妝品進出口，引進了許多日本知名的化妝品，以台灣女性為主要客層。

伸介心想，可能就是因為這個原因，他才會錄取吧。畢竟研究所畢業的學生，對於流行歌曲或是文化通常瞭解不多，而自己則有一定程度的涉獵，正是這項優勢讓公司認為自己在行銷上，能想出比較不同的點子。

在公司的第一個上午，就在認識各部門的行程中慌亂地結束。一大堆部門、一大堆日本人名，瞬間擠進了伸介的腦子中。

當時面試他的眼鏡仔，原來也是自己的同事。

「佐藤先生，你們中午都去哪裡吃飯呀？」伸介問。

佐藤指了一下窗外對面的餐廳，那是一家日式料理店，看起來並不便宜。伸介沒有上過班，對於這種商業午餐的價位或是餐廳的消費，並不清楚。

於是上班的第一天，他跟著同事佐藤走進了這家叫做「川上」的日本料理店，坐了下來。

店內的服務生將菜單拿過來之後，伸介的臉色一下子變得非常難看。

「高先生，怎麼啦？」佐藤問。

伸介看到菜單上的定價，冷汗直接從額頭上的毛孔滲了出來……

太貴了！最便宜的商業午餐，一份也要兩百五十元，如果這樣吃下去，賺的錢根本不夠用……伸介心裡如是想。

於是，伸介臉色一沉，大叫著。

「佐藤先生，不好意思，我的肚子好痛……我……我先回公司去一下……」伸介也不管佐藤的反應，說完話之後立刻飛奔而去。

一出了餐廳門口，伸介鬆了一口氣。

「哇……這還得了，如果這樣吃的話，我就不能存錢了……」

伸介到了便利商店買了便宜的午餐後，按了電梯準備上樓。進到電梯後，按了辦公室的樓層，電梯門正要關上時，忽然一群人擠了進來。

這些人男男女女，將伸介擠得貼到了電梯邊上，奇特的是他們空出了電梯中央的一個空間。

伸介的臉貼在牆上，看不太到面前的景象，只不過隨著一陣清新的香水味飄進電梯，他知道，有個女孩子進來了。而旁邊這群人，似乎就是要幫她開路的。就這樣，電梯一路上到了八樓。這群陌生人擁著中間的女孩子，走出了電梯，伸介這時也才能喘一口氣。不過，令他意外的是，這些人竟然朝著自己的公司走了進去？

「好香呀！原來我們公司裡面有這樣的同事耶……」伸介心想。

進了公司後，伸介立刻問了總機妹妹。

「Sammi，剛才那些人是誰呀？」伸介問。

「我是Sandy，不是Sammi！」櫃檯小姐非常不高興地回著。

「喔喔，不好意思！那……請問他們到底是誰呀？」伸介不死心追問。

「你真的是瞎了喔？那個女生就是伊娃呀！最近週刊報導剛被男友甩了的偶像歌手—伊娃。」Sandy冷冷地回。

伸介這時才瞪大了眼睛，既想追上去看又後悔剛才在電梯裡竟然沒有跟伊娃打招呼。

「難怪……會這麼香！」伸介的鼻翼撐大，似乎在回想伊娃的香味。

「喔！我真的是太幸福了！沒想到我可以和伊娃搭同一部電梯。雖然不是獨處，但是一想到跟她在同一個空間裡面，我就……」伸介的鼻翼再度擴大，看起來有如色狼一般。

「噁心死了！新來的，沒事的話你可以離開了嗎？」Sandy像是驅邪般地趕著伸介。

獨自吃完了便利商店的便當後，下午又是一連串夢宴魘。日商公司最獨特的員工教育訓練，從報到第一天就展開。伸介一連上了三小時的課，沒有休息。好不容易逮到機會，藉著尿遁跑到了茶水間喘息。

這間公司的員工福利還不錯，光是茶水間就比自己住的地方大上好幾倍，冰箱、咖啡機，甚至連電磁爐都有。

倒了杯咖啡之後，伸介深深吸了一口氣、然後用力吐了出來，在他做這動作的同時，並沒發現在他的身後，有另一個人做著相同的動作。

當伸介吐出氣時發出的聲音，和身後那個人發出的聲音重疊時，他才意識到茶水間裡還有別人。

一個頭戴大帽子，臉上掛著大墨鏡的嬌小女孩。

這時兩人面面相覷，笑了出來。

「上班很累喔？」女孩問。

「哈哈，還好啦。我第一天來上班，不熟……妳呢？早上我去各部門認識新同事時，沒有看到妳。」伸介問話的同時，聞到了很熟悉的香味。

女孩緩緩將墨鏡摘了下來，對著伸介笑著說。

「當然呀！我又不是你們公司的人！」在伸介眼裡，女孩的笑容有如天使般。

伸介這時眼睛逐漸張大，熟悉的香味以及燦爛的笑容，讓他終於認清楚了眼前的女孩，就是他床底剪貼簿上的女神—伊娃。

「伊伊伊……」伸介說不出話了。

伊娃把玩著手上的墨鏡，看著伸介驚訝的表情，又笑了出來。

「好啦！我要回去開會了。不然你們公司的日本人，會把我經紀人給殺了……」伊娃說完後，戴上了墨鏡，轉身打算離去。

只不過這時的伸介，依舊還沒回過神來。

伊娃走了幾步後，回過頭對著伸介一笑。

「掰！」伊娃說。

幾秒鐘後，伊娃消失在伸介的視線裡。茶水間內只剩下香水味、呆滯的伸介及灑了一地的咖啡。

Track 08 打盹的サラリーマン（上班族）

因為錄取通知來得太快，以致於伸介手上的翻譯工作還沒有完全結束。為了應付日商公司接下來的繁重工作，伸介決定用最短的時間解決剩下的翻譯。因此，自從上班之後，伸介每天下班後都敲鍵盤到半夜三、四點。

很自然地，白天就是精神不佳。

中間還有兩次，因為睡過站而遲到，被河內給唸了一頓。

「台灣人都這樣嗎？」河內如是說。

為了不讓日本人產生壞印象，伸介打定主意一定要好好將這工作做好，不然就太對不起台灣人了。

話雖如此，白天的內部會議伸介還是打了瞌睡。

中午。

伸介為了躲避佐藤先生的午餐邀約，索性假裝帶便當，實際上是到便利商店吃微波食品。

搭著電梯下樓的伸介，冷不防地被一隻手臂架著脖子。

「老兄，你這是什麼樣子？」伸介轉頭一看，發現說話的人赫然是祐希。

伸介將她的手撥開，打算進到便利商店買東西。

「我請你吃飯，別吃這個了……」祐希說。

只不過拗不過伸介，祐希只好陪他買了御飯糰，兩個人就坐在辦公大樓外的大理石階梯上，吃了起來。

「上班為什麼不跟我說？」祐希冷冷的。

「有什麼好說的，妳也看到了，就這樣的工作……」

「你不是一直說想要幹番大事業，然後讓你媽可以過好日子嗎？現在做這個怎樣，一個月多少錢，三萬？四萬？」祐希很酸。

將一大口御飯糰放進嘴裡的伸介，看著祐希，有點不耐煩了。

「不然勒！妳說我可以幹嘛？我又不懂做生意、我也不喜歡做生意，妳覺得我可以幹嘛？」伸介的語氣有點激動。

「你可以唱歌呀！你的歌唱實力是別人沒有的，為何要浪費你的才能？」

「唱歌可以幹嘛啦？唱到像周杰倫那樣？拜託！華人裡面只有一個周杰倫，妳覺得我辦得到？」

「你不去試怎麼知道？別人就唱得沒你好啊！你的機會比較高呀！」

伸介喝完最後一口綠茶之後，起身站了起來。

「說完了？說完了我走了，下午還要開會勒……」伸介說著，便離開了祐希。

祐希在伸介身後大叫著。

「高伸介！」

伸介高舉著一隻手，揮舞著表示再見。

下午又是一連串文書處理工作，伸介整個人幾乎是埋進了電腦中，沒命地打著報表、處理資料。

沒想到中途，河內臨時丟了份資料要伸介跑一趟，說是配合的公司需要的，叫快遞送去怕不禮貌，希望他幫忙。

伸介看著桌上一堆沒處理完的事情，面對日本人注重禮數的龜毛，雖然無奈也只能答應。

搭著捷運，照著河內先生給的地址，伸介終於到達了目的地。抬頭一看，是棟位在台北市區內的新建築。

搭著電梯上到了二十一樓，伸介一踏出電梯，整個人就傻了。

直到現在他才知道，原來這趟的目的地是一家唱片公司。而電梯口接待處設計得非常前衛，流線感十足。在這裡走來走去的工作人員，個個都很有自己的品味，每個人都像是從日本雜誌中走出來的時尚模特兒一般。

雖然看傻了眼，卻也沒忘記目的，深吸一口氣後，伸介走向接待櫃檯。

「不好意思，我找王先生。」櫃檯人員看著伸介一身西裝搭配爆炸頭，嘴角雖有笑意，但卻依舊很有禮貌地忍住，拿起內線撥打。

「請稍等一下。」

沒多久，一個長頭髮的時尚男子走了出來，頭上還掛著一副名牌的太陽眼鏡作為裝飾。

「這個是河內先生要我交給你的。」伸介將資料遞給了王先生後，他竟然一句謝謝都沒有，就走進了辦公室。

伸介感到很不被尊重。一旁的櫃檯人員見狀，略帶同情地出來緩緩頰。

「不好意思，王先生比較忙……」櫃檯人員說。

「請問他是……？」伸介以為只有總經理之類才可以這麼無禮。

「喔，他是 James 王，伊娃的經紀人。」櫃檯人員輕描淡寫地說著，卻讓伸介心中大吃一驚。

「對了，伊娃是這次公司化妝品的新代言人，我真是……」伸介暗罵自己沒有進入狀況，另一方面卻又開心自己的工作可以與伊娃有關。

於是，伸介呆站在櫃檯邊，想著伊娃，鼻翼再度撐開，傻笑了起來。

「先生，沒事的話，可以請你離開嗎？」卻再度招到不同櫃檯妹妹驅邪般地趕離。

任務完成後，伸介趕緊回到公司，再次埋進了文書處理地獄中。

沒想到，下班前的半小時，河內叫齊了大家，又準備要開會了。伸介心中暗自叫苦，因為他昨天只睡了一小時，現在已經接近體力不支的邊緣。

「再過一個禮拜今年就要結束了，按照往例公司會舉辦忘年會，除了正式的忘年會之外，總是會有第二攤，有哪位同事自告奮勇想要負責的呀？」

河內說完後，看了看在場的人，沒有人願意舉手。

忽然看到佐藤指著身旁一名同事，正呼呼大睡了起來。

「好的，那麼這一次，就由新同事高先生負責，沒異議的話大家鼓掌通過！」

與會的每個人都熱情鼓掌著，吵得伸介瞬間醒了過來，不明究理跟著鼓掌傻笑著。

Track 09

留著山羊鬍的男人

伸介家中，牌桌上。伸介、狗子、祐希和祐希友人——一個戴著帽子、留著山羊鬍的男人——正在打牌。

「狗子，有什麼地方是適合第二攤去的呀？三索……」伸介說。

「第二攤？你是說你們公司的忘年會嗎？東風……」狗子說。

「碰！」祐希說。

「對呀，忘年會之後，老闆要我帶大家去玩。五筒……」伸介說。

「你打的牌也太甜了吧！」祐希說。

「甜有個屁用，我又吃不到……」狗子邊摸牌邊說。

「這牌真怪，八索啦……」狗子丟出了麻將牌。

「八索我碰！」伸介說。這時候坐在狗子下家、祐希帶來的朋友，一句話都不吭，因為從開始到現在，他一張牌都還沒摸到。

「一鳥……」伸介說。

「一大早拆什麼一、三索？西風啦……」狗子喊著。

狗子的下家、祐希的朋友，正打算伸手摸牌時，祐希又喊了。

「不好意思，我槓一下。西風……」祐希拿出了三張牌，然後又摸了一張牌進去。

「拍謝，你拆得快，我不是故意落你的。二索……」祐希奸笑著。只不過她朋友的一隻手還懸在半空中。

「沒關係，我牌搭好了。白皮……」伸介打出了白皮後，狗子正打算摸牌，卻又被祐希制止。

「等等等，白皮我碰！」祐希開心地叫著，只不過戴帽子的男人，一臉大便。

「給你一鳥……」祐希說。

「祐希好耶，落死他……」狗子大叫。

只不過，這時候伸介很謹慎地摸了一張牌後，放在桌上。

「卡三萬，自摸。卡張、自摸、二花、青發、平家四台、莊家五台！」伸介笑著。

「哇靠！早知道我不碰了……」祐希氣。

「我……一張牌都還沒摸耶……」祐希的朋友無奈地叫著。

「狗子，你還沒有回答我啦，第二攤要去哪裡呀？」伸介問。

「唉唷，你們日本人第二攤一定是去酒店呀，不然還能去哪裡？」

「酒店？我沒去過，我要帶他們去哪間？」

忽然祐希的朋友從口袋裡面拿出了一張名片。

「打這個電話去吧，找這個媽媽桑亞亞，她不會騙你們錢的。」

伸介看了看，果然是酒店的名片。

「謝謝，謝謝！對了，祐希妳朋友怎麼稱呼呀？」伸介高興地問著。

「他叫……唉唷，你自己說啦……」

山羊鬍男人一邊洗著牌，一邊說。

「叫我H就行了……」

「H？什麼怪名字？哈哈，好啦，謝謝你的資訊！一萬……」狗子豪情萬丈地打著牌，而這一天，伸介也認識了一個新朋友。

隔天一早，河內帶著佐藤與伸介再度來到了伊娃的唱片公司，打算對這次代言的細節定案。

伸介坐在會議室內，左顧右盼就是看不到伊娃的身影。

「不用看了啦，這種會議不需要伊娃啦！」說話的人不是別人，正是上次討人厭的 James 王。

伸介被說得有點尷尬，臉上一塊青一塊白。

「不好意思，那麼這次的廣告就這樣決定了。王先生，再麻煩幫我們向伊娃小姐打聲招呼。」河內先生很客氣地說著。

「沒問題啦！到時候，伊娃一定會打扮得美美的代言你們家的產品，肯定會讓你們非常滿意，哈哈！」

這時 James 正打開會議室的門，忽然一條人影從門前閃過。

伸介看得很清楚，那個人影是伊娃。

只不過，他心目中的天使這一次並不是優雅地出現。伸介看到伊娃的臉上，有著淚痕，她是一手捂著臉跑過去的。

「伊娃……」伸介在心中喊著。這時跟在伊娃身後的女性工作人員，也跑了過來，中途卻被 James 叫住。

「怎麼了？」

「今天出來的水果報……裡面有阿 Joe 的專訪……」女性工作人員說。

「媽的，他又亂講話了！」James 不滿意地罵著，隨後發現伸介等人還在現場，趕緊轉移話題。

「唉唷，這些八卦新聞就是這麼討人厭！不過也是因為伊娃太紅了啦，每個人都想要和她沾上一點關係，很麻煩的……」James 說。

河內等人陪笑後，也趕緊離開了。

伸介在回去公司之前，特地轉到便利商店去買了一份水果報，斗大的標題吸引了他的視線。

「沒有愛過她？阿 Joe 說明與伊娃的戀情，從頭到尾都是新聞炒作！」

伸介看著內文，再配合上今天伊娃的神情，要他不相信是阿 Joe 始亂終棄，簡直是不可能的事情。

只不過，看了這樣的新聞，對於伸介來說根本無能為力，以他現在的身分根本就是局外人。

伸介思索著有什麼樣的方法，可以減輕伊娃的痛苦呢？而答案，卻是讓站在便利商店外面的他，擠破了頭都想不出來……

忘年會的夜晚

一個禮拜的時間很快就過去了。

每年年底都是日商公司舉辦忘年會的時期，意義上跟台商公司的尾牙差不多。這一次伸介的公司捨棄了往年的大飯店，改在對面的「川上」高級日式餐廳舉辦。

「首先，讓我們舉杯，預祝明年可以有更好的表現！」各部門主管帶頭敬酒，喝酒之前，一定要說出自己對明年的期許。

「佐藤先生，辛苦了！」伸介入境隨俗和每個人打著招呼、喝著酒，果然沒多久每個人都已經有五分酒意了。

河內先生是伸介部門的主管，因此二十幾個部門裡的同事，都非常熱情地敬著酒，以致於河內先生很快就進入微醺狀態。

「好、好，明年大家加油！」河內大聲喊著。

實際上，酒席從七點開始到現在也不過才八點出頭，幾乎所有人差不多都半醉了。

「高先生，表現得不錯喔！要加油、加油！」佐藤抓住伸介，也是一副前輩的口吻說著。

這時候，伸介冷不防地問了河內一個問題。

「河內先生，當時為什麼會錄取我呢？我並沒有特別突出吧！」其實伸介心裡一直有這樣的疑惑。

「哈哈哈！你喜歡音樂呀！你喜歡音樂呀！」河內先生豪爽地笑著。

「所以呢？」伸介依舊不解。

這時候河內先生把伸介拉到一旁的小桌，感性地說著。

「我年輕的時候和你一樣喜歡音樂，當時還組了個樂團，我是主唱。」河內先生的表情似乎回想著過去。「當時我們在日本的 Pub 演唱，你知道嗎？同時期的還有『安全地帶』。」

伸介可是大吃一驚。

「『安全地帶』？那個玉置浩二……」這也難怪，因為玉置浩二不但是日本時代的代表人物，在港台兩地也是許多明星心目中的偶像。

「對，玉置浩二！」河內喝了口清酒。「當時我們兩團在互爭表演場地。有時候我們搶到了、有時候是他們……」

「後來呢？」

「後來因為家裡的緣故，我放棄了音樂。家人希望我能有穩定的生活、穩定的薪水……」河內接著說。

「於是在我放棄了音樂的一年後，安全地帶出道了、玉置浩二紅了……」河內說到這裡，眼眶有點泛紅。

伸介也不禁感嘆。

「幾年後在某個場合我遇到了玉置先生，沒想到他還認得我。」河內說。

「哇，他好厲害！」伸介說。

「對呀，接下來他說的話，更讓我驚訝……」

「他說什麼？」

河內先生再喝了杯清酒。

「玉置先生說：『河內先生，你不應該放棄的，當年我一直認為你如果出道的話，會是我們最強的對手，太可惜了，日本樂壇少了你，太可惜了……』」河內先生雖然刻意說得低調，但還是可以從他的話裡面感受到那股驕傲。

伸介有點不敢置信，而河內看著伸介的表情也有點尷尬。

「是真的，是真的啦！」平時嚴肅的河內先生在這時候有點小孩子氣。

伸介笑了笑。

「我相信啦，因為這樣所以讓我進公司嗎？」

「嗯……可能是從你身上看到從前的自己吧！」河內說。

忽然佐藤先生大叫著。

「高先生、高先生，時間差不多了，我們到第二攤去吧！」

「哇嗚、好耶！」呼應著佐藤先生，一群日本男人大聲叫著，感覺有點可怕。

伸介苦笑著。

接著伸介便聯絡了從祐希友人H那拿到的名片上的媽媽桑亞亞，然後帶著一大票日本男人走到林森北路，聲勢浩浩蕩蕩，活像是旅行團一般。

「高先生，好久不見呀！」伸介尷尬地點著頭，基本上是第一次見面，亞亞卻硬要搞得像他是識途老馬似的……

於是一群大家進了包廂，亞亞立刻叫了許多小姐進來。沒多久，十來個日本人身邊，都各自配了一枚小姐。

伸介雖然不習慣，但也不願意掃興。身邊也坐了一位年紀看起來不大的小姐。

「唱歌？喝酒？玩骰盅？」小姐們熱情招呼著，很快地每個人都和身邊的小姐交頭接耳，熱絡了起來。

從第一攤的清酒，到續攤的洋酒，包括伸介在內，每個人都已經意識不清了。這時候，有人點了首王力宏的〈第一個清晨〉。

「你會唱嗎？這首歌好好聽喔！」小姐捧著麥克風，問著伸介。

已經被酒精侵蝕腦神經的伸介笑了笑。

「不太會唱，這歌很、很難啦……」話雖如此，當前奏一下、進入主歌，伸介的歌聲從麥克風一傳出，原本吵雜的包廂，不誇張，安靜了約莫十秒鐘。

十來個日本人加上十來個小姐，全部都停下了手邊的動作，不約而同看向螢幕，而伸介身邊的小姐則是張大了嘴巴。

一段又一段的抒情呢喃、一段又一段的真假音互換，伸介並沒有多想什麼，只是一心想要把這首歌唱好。

「……好好聽！」伸介身旁的小姐，失神地說著。

被酒精侵蝕的伸介頓時間少了枷鎖，忘我地演唱著。其後雖然男人們還是將重心轉回到了女人身上，但是每個女生心裡都有數，她們一邊陪著笑，另外一邊也豎起了耳朵，非常專心聽著伸介唱出的每一個字。

雖然說在那首歌之後，伸介因為頭昏躺在一旁，隨後再也沒有碰麥克風。只不過對於在場的小姐而言，她們都在那晚之後四處分享，在這晚聽到了有生以來，最好聽的歌聲……

Track 11

燃燒的喉嚨

忘年會的隔天下午三、四點，伸介依舊躺在床上，畢竟前一晚被灌了太多酒，搞到他覺得自己的喉嚨都緊縮了起來。

躺在他那亂到不行的床上，伸介的手機響起。懶散地隨手抓住了手機，塞到自己耳邊。

「兄弟，今天晚上十點SOGO錢櫃，上次那個阿賢似乎找了人要來鬥了，等你喔！」狗子的聲音。

「……」伸介躺在床上一句話都說不出。掛了電話，繼續睡。

沒多久，手機又響了。

「高伸介，已經九點了，你該起來了吧！再不準備出門，狗子就難看了！」祐希的聲音。

伸介這時才稍微有了點動靜，起了身、刷了牙、洗了個澡，算一算時間現在過去正好。

於是伸介將他的捲捲頭塞進了安全帽中，騎著他的小五十機車，以時速三十五公里的速度，朝東區前進。

305。

這是今天的包廂。伸介一如往常走進了指定的包廂，卻只看到狗子和祐希。

「就你們兩個?開同學會喔？」伸介睡眼惺忪地問。

「同你媽啦，人還沒到啦！」狗子說。

狗子話剛說完，包廂的門就被推了開來。進來的正是上次的阿賢，還帶了好幾個辣妹。

「狗子，來得很早嘛！」阿賢講話的口氣還是一樣囂張。

「對呀，還想說你是約不到妹不敢來、還是因為我兄弟太會唱歌，不敢來了……」狗子冷笑著，祐希也在一旁笑著。

「哼！不要以為歌唱成那樣就算厲害，我今天帶了個朋友來……」這時候，大家才注意到，那票辣妹的身後，還站著一個人。

一個頭髮短到接近平頭、又瘦又高的型男，左耳的耳環非常耀眼。

祐希和狗子互看了一眼。

「帥哥，怎麼稱呼？」祐希問。

「他叫做……樹。」阿賢說。

這個叫樹的男人，緩緩走進包廂，迅速點了歌後，坐在沙發上看著伸介。

「你就是那個很會唱歌的人嗎？」樹講話時的聲音非常清脆，有點像是金屬碰擊的聲音。

「我只是愛唱歌。」伸介其實腦子還不太清醒，畢竟宿醉最讓人難受。

伸介的話講到一半，樹所點的歌曲出來了。

那是內地歌手孫楠的成名曲——「燃燒」，隨著前奏一下，伸介頓時有點醒了。而樹的歌聲一出，伸介這才算是真的完全清醒。那是一種精準、銳利如尖刀在金屬上劃下一道道痕跡的聲音。

『燃燒……』樹的高音一引吭，一旁的狗子身子整個都打直，看向了祐希；祐希的表情也顯得有些驚訝。

『想像不到痛還在燃燒，以為火早已撲滅了，怎麼一見你，心又被後悔灼傷了……』

『燃燒……』第二次的高音，樹的音量絲毫不減，甚至力道更勝上一段，伸介心頭一凜，不自覺地點著頭。

『淚是愛情的火藥，請不要，這樣看我，我知道我已逃不掉……』唱完時，樹的表情看起來很平靜，像是在表示，音這麼高的歌曲，他駕馭起來絲毫不覺得有任何的難度。樹微笑著將麥克風指向伸介，有如西洋劍的宣戰般。

「Key高的歌還可以用真音詮釋得這麼好，我是真的沒聽過有幾個人有辦法啦！高音要又高又美，可不是件容易的事！」樹唱完後，阿賢自己評論了起來。

祐希擔心地看著伸介，伸介呆滯的表情，對祐希比出了二十的手勢。祐希苦笑了一下，如果這是二十分的高分，是不是代表伸介自己有把握唱出二十分以上呢？

伸介在點歌的螢幕上來回看著，他知道要鬥歌就是要選相同難度，追求更厲害的突破。〈燃燒〉這首歌最重要的就是那幾個高音，因此看了幾回之後，決定了。

這時的阿賢和坐在一旁的辣妹們划起了拳，一副不把高伸介放在眼裡的態度；樹則是靜靜坐在角落，等著伸介。

前奏一下，樹的眼睛微微睜大。因為伸介點了動力火車的成名曲〈無情的情書〉。

『說了是無情，寫了更無情，都作無情人何必再寫信。既然已無心，何苦再用心……一封信就輕易把過去寫成幻影……』伸介的天賦就是非常懂得什麼樣的歌，要用什麼樣的語氣去詮釋。一唱到搖滾團體的曲目時，他會適度將聲帶放鬆，不追求乾淨的音色。圓滑的嗓音，反而讓他的聲線聽起來更加豪邁、更加爽快。

前半段的主歌，伸介不費吹灰之力地完成。樹的表情至此並沒有什麼太大的變化。

『吾愛的親愛的可愛的摯愛的永遠無悔，不愛的錯愛的曾愛的傷愛的永遠無情，妳簡單寄出幾個字，卻要我收下無盡地，無聲的哭啊……』伸介精準掌控著高音，雖然這首歌的音高沒有〈燃燒〉來得高，但是後段副歌要唱得好也不是件簡單的事情。

「唱這樣是不錯，不過，好像也沒有比樹來得強……」阿賢在間奏的時候，穿插了一句。不過，樹依舊沉默地聽著。

間奏過後，主副歌又重複了一次。伸介維持著高水準的音準以及語氣的掌控，完全沒有偏離掉一絲這首歌該有的氣味，等到整首歌唱完了，阿賢又要說話了。

「就這樣……？」阿賢作勢準備要切掉歌曲時，樹的眼睛一直沒有離開過伸介。這時候，樹對阿賢比出了不要切歌的手勢，阿賢看了不解，只因為伸介緊握著麥克風緊盯著螢幕，似乎還沒有唱完的打算。

〈無情的情歌〉是當年動力火車一炮而紅的代表作品，重點在於最後要結束前的伴奏，他們利用天生豪邁的高音做出了有如電吉他的弦音。

伸介決定在此重現。

「啊……啊……啊……啊………」伸介的身體稍微往前傾，就像是把身子弓起來一般，這是他自認為唱高音時，最舒適的姿勢。

伸介的聲音在這時有如弓箭一般從額頭前方射了出來，高音階的力道，藉著麥克風連結音箱的放射，流竄在整間包廂內。

狗子和祐希兩個人的雞皮疙瘩從背部迅速爬升，而阿賢本來打算卡歌的手也因此懸在半空中，嘴巴微微張開，似乎是嚇到了。

而一直坐在角落的樹，終於露出了驚訝的表情……

Track 12

鬥歌的結果

放下了麥克風之後，伸介拿起桌上的水杯啜了一口。阿賢帶來的辣妹軍團則是在一旁不停讚嘆著。

「那個不是用唱的吧？」

「那聲音簡直就像是電吉他一樣，太誇張了……」

祐希在一旁看著伸介，對他比出了二十五的手勢，伸介笑了笑。

「如果剛那是樹的極限的話，我可要說伸介的實力可不是只有如此而已唷！」

狗子在一旁，火上加油。

「少廢話，才一首歌可以分得出什麼！」阿賢急忙回應。樹則是不發一語，自顧自地翻起了歌本，拿起了遙控器熟練地輸入號碼。

在 MV 還沒出現之前，樹微笑地看著伸介。

「你唱得不錯！」樹說，伸介依舊傻傻地笑著回應。

沒多久，前奏一下，伸介的表情微微露出了欽佩的眼光。

『難過，是因為悶了很久，是因為想了太多……是心裡起了作用……』樹的歌聲一出，連祐希和狗子也跟著緊繃了起來。

「周杰倫的〈黑色幽默〉，我還沒有聽過有人可以自己唱完整首又唱得好的……」狗子貼在祐希耳朵邊說著。

祐希的眼睛也瞪得老大。

『當作，是你開的玩笑……想通，卻又再考倒我……說散，你想很久了吧……敗給你的黑色幽默……』樹的高音控制得和前一首歌一樣好，甚至那種語尾略為上揚的 R&B 唱腔也拿捏得非常漂亮。

伸介的表情漸漸不再呆滯了，他似乎注意到樹已經拿出了真本領。就如狗子所言，他也從來沒有聽過有誰可以完美詮釋這首歌。原因在於，第二段的難度是高音結合轉音以及真假音的某種極限。

『不想太多，我想一定是我聽錯弄錯搞錯，拜託，我想是你的腦袋有問題……』樹在最後一個字的轉音上面處理得非常適宜。

『隨便說說……』這首歌的精髓就在這裡。伸介豎起了耳朵，仔細聽著樹的每個音的音準。

『已經猜透看透不想多說……』高音上揚，完美。

『怕眼淚撐不住……』撐到最後一個字，才使出真假音互換，標準！

伸介在心中打著分數。Key 非常精準的樹，唱著難度很高的〈黑色幽默〉，最後連續高音的副歌，由他唱出來不但沒有失去力量，甚至鋪陳了一波又一波的高潮，讓伸介心頭一凜。

或許應該說，樹是目前伸介聽到將這首歌唱得最完美的人吧！

『我的認真……敗給……黑色幽默……』樹用非常感性的口氣，唱完了最後一句。身邊的女孩子們早就聽得如痴如醉，全場給予熱烈的掌聲。

伸介也表示讚賞，身邊的祐希和狗子則是緊張地一把抓住他。

「你有病呀？鼓什麼掌！」狗子連續打著伸介的手。

「當然要呀！我沒有聽過有人唱得這麼好呀！」伸介持續拍著手。

這時阿賢站起來了。

「不要在那邊裝傻了，如果你們唱不出更屌的歌，就認輸吧你！」阿賢說。

「拜託，我們家伸介唱歌沒有輸過的啦！等等，伸介再點一首歌和他拼吧！」狗子拿著遙控器，一直要遞給伸介。

「不用了啦！」伸介這話一說出口，狗子和祐希都驚訝了。

「他可以把歌曲唱成這樣，基本上已經很厲害了，雖然不是很好聽，但是技巧真的很強。」伸介淡淡說著。

「什麼？」阿賢的表情猙獰了起來。

「你說，我唱歌不好聽……？」樹說。

伸介點點頭。

「拜託，你知道他是誰嗎？他是星河唱片的年度新人，是上一屆歌神阿 Joe 的師弟耶！連阿 Joe 都推薦的明日之星，你竟然說他唱歌不好聽！」阿賢一口氣將樹的背景給說了出來。

「原來如此，你找了個準歌手來鬥歌，你腦子有問題呀？」狗子笑說。

「不，我還沒出片，不算歌手。」樹依然一副從容不迫的樣子。「如果你覺得我唱得難聽的話，那麼換個地方鬥吧！」

「我沒有說難聽……」伸介喃喃自語著。

「我推薦你參加歌神大賽，你可以免去前面那些預賽，直接成為參賽選手，我們就在歌神大賽的舞台上，好好比一場！」樹看著伸介，雖然面無表情，但語氣卻充滿了挑釁的氣焰。

狗子聽完臉上表情大驚。

「歌神大賽……是啥呀？」伸介說。

阿賢聽完差點沒跌倒。

「拜託，你連歌神大賽都不知道！」阿賢說：「每年國內都會舉辦各路人馬的歌唱比賽，最終比出八個人之後，電視轉播決賽。去年的冠軍是阿 Joe，今年的冠軍應該會是由樹奪走。如果你夠膽量，就來參加吧！」

阿賢說完後，和樹一起站了起來。

「如果你自認可以唱得比我好，就把報名表寄給我。」樹放下了一張名片，上面寫著星河唱片的網址、地址以及電話。

「膽子小怕輸，就不用寄了唷！哈哈！」阿賢帶著辣妹們離開了包廂。

伸介與狗子等人則是看著樹的名片發呆。

事後回想起來，樹的這張名片，就等於是伸介到手的門票，一張通往演藝世界的入場券。

Track 13

我的黑色幽默

阿賢等人離去後，包廂內只剩下了狗子、伸介和祐希。

「伸介，你幹嘛不繼續點歌跟他鬥？你又不是唱不贏……」狗子開了啤酒喝了起來。

一旁的祐希也是，將剛才叫來的整箱啤酒開了五、六瓶放在桌上。

「對呀，就算他是二十五分，我都覺得你可以破表！」祐希說。

伸介無奈地拿起酒喝著。

「我只是覺得其實在這種地方，再怎麼唱也分不出什麼勝負啦！大家都不是專業的評審，而他的水準也很高，聽起來只會覺得兩人差不多而已。」伸介說。

「所以呢？你該不會要去參加歌神大賽吧？」狗子斜著嘴說。

「去呀！有什麼不好。」一轉眼，祐希已經喝完兩瓶啤酒。

「也對，這樣說起來，你倒是真的應該去。因為上一屆歌神，就是那個阿Joe，後來就把走了你的伊娃，而且最近看新聞好像甩了她……」狗子揶揄著。

「媽的，那個敗類……」伸介當然知道這事情，看起來對這事情耿耿於懷。

「好啦，那就去比吧！我們都會去現場加油喔！衝呀！伸介！」祐希喝著酒，拿著麥克風大叫著。

「吵死啦……」伸介摀著耳朵不想聽。

不到二十分鐘，三人莫名其妙就將那一箱啤酒給解決了，話題又回到了祐希身上。

「祐希……妳……不要騙兄弟們，國中那年……嘿嘿……」狗子醉了。

「拜託……不要一直重複講一樣的話啦！我說過來我家看照片呀……我很美的……」祐希更醉。

「伸介，快送她回家啦……送她回家看照片……」狗子已經坐不穩了。

「不了不了……我要走了……」伸介站了起來，也不管祐希和狗子兩人醉倒在包廂內，自己一個人騎著摩托車回到了套房內。

其實伸介喝得不多，放不開的原因的確是因為狗子提到了伊娃的事情，讓他不是很開心。回到家裡上著網，看到了阿 Joe 的新聞，依舊是在撇清他與伊娃的關係，聲明他們兩人根本沒有開始過，何來拋棄說。

伸介的胸口有點鬱悶。這麼宅的他，基本上從小到大，沒有對什麼事情發生過情緒，生氣、高興、興奮，對他而言是不常接觸到的字眼。

只不過，現在的他，看起來有點不太對勁了。

依照著樹給的名片，他找到了歌神大賽的網站，看了歷年冠軍資料才發現，每一年都是赫赫有名的人奪冠。而其中，更以上一屆歌神阿 Joe 為最近最火紅的藝人。

伸介看著電腦螢幕，好一陣子無法將目光移開，因為他看到了去年頒獎的照片——伊娃拿著獎盃，遞給了阿 Joe。想必阿 Joe 就是從那個時候開始，對伊娃展開追求，但是如今竟然傷害了她。此時此刻，如果說伸介有那麼一點想要參加大賽的欲望的話，一定是來自於伊娃。

伸介躺了下來，望著他那颱風來襲時，總是會滴水的天花板思索著。

「伸介，你可以唱歌呀！你的歌唱實力是別人沒有的，為何要浪費你的才能？」

祐希的聲音，迴盪在耳邊。

然後阿水姨洗碗的背影，不時出現在伸介眼前。

「河內先生，你不應該放棄的，當年我一直認為，你如果出道的話，會是我們最強的對手，太可惜了，日本樂壇少了你，太可惜了……」

不知怎麼搞地，玉置浩二與河內先生見面時說的話，這時候也在伸介的腦海中反覆播送。

伸介猛地從地板上跳起，將他放在床底下的剪貼簿拿了出來，緩緩翻閱著。裡面紀錄了伊娃剛出道時的羞澀模樣、她在唱片大賞獲得優異成績的頒獎典禮照片、各種不同造型的代言照片以至現在的緋聞新聞，他幾乎每個時期都沒有錯過。

「歌神嗎……」伸介的手，輕輕摸著伊娃的照片，心裡想的並不是成為歌神後能否飛黃騰達。他只是覺得，如果真的以歌手身份出道了，那麼他和伊娃之間的距離感就會減少一點。

伸介將電腦的喇叭打開，調出他下載完成的音樂清單，找到了周杰倫的資料夾，選了其中一首歌。

那是一首經過處理的音樂，伸介已經利用軟體將歌聲的那軌分出，也就是說現在播出的版本，就像是卡拉ＯＫ伴唱帶一般，只有背景伴奏音樂。

『難過，是因為悶了很久，是因為想了太多……是心理起了作用……』伸介似乎想要和樹比較。

在喝到半夜兩點的現在，自己在家唱了起來。

『當作，是你開的玩笑……想通，卻又再考倒我……說散，你想很久了吧……敗給你的黑色幽默……』

然而在這個夜深人靜的夜晚，伸介不得不壓低自己的音量。音量壓得很低，音色卻依然清晰。高音的部份游刃有餘，在每個尾音的處理上，甚至比樹還來得漂亮。唱完第一遍，伸介趕緊跑到門口去瞧瞧，看有沒有人因為太吵而打算來抗議。

屋外一片寂靜。

『不想太多，我想一定是我聽錯弄錯搞錯，拜託，我想是你的腦袋有問題……』重複到第二段的時候，伸介的力量明顯增強，他想像著房間裡有五萬個人正在聽他唱歌，將這一句的尾音唱得活靈活現。這時候，他覺得自己全身好像都在顫抖著。

『隨便說說……』最後的高音，以自己獨特的方式控制著，讓上揚的音既準確又動人，這時候感覺整個人的靈魂像投入在這首歌當中了……

『已經猜透看透不想多說……』伸介轉著最後一個字後換氣，為後面的高音做好了準備。

『怕眼淚撐不住……』一樣是最後一個字才真假音互換，順利完成。

而後半的高音副歌，伸介完全進入了自己的領域中，那是他這麼多年來早已遺失的感覺。最近的一次印象是小學唱給全校師生聽的那次，他認為是唱給了心目中的小公主聽。而現在覺得自己的身體與整首歌合而為一。已經很久、很久，沒有出現這種感覺了。

今天晚上不知道為什麼，伸介又找回了這種感受。他知道，這種狀況下的他所詮釋出來的歌曲，才是最動人、力量最飽滿的。

『我的認真……敗給……黑色幽……』唱到最後一句時，伸介發現自己的眼角都滲出了眼淚，他希望將尾音拖得長一些，讓感情延續久一點。

沒料到門口爆出的巨響打斷了他的安排。

「碰！砰！」聽起來那像是有東西砸在他門上。「三更半夜，你吵個屁呀！」

接著就是忿怒值滿點的咆哮聲。

伸介一驚，迅速關了燈、關了電腦、躲進了被窩裡面。

『默……』然後在棉被裡拉長著最後一個字。

Track 14

未知的開始

台北市的某個攝影棚內。

攝影組的工作人員專業地調著燈光，髮型師與化妝師也非常迅速地整理著女明星的造型以及妝容。

女明星是伊娃。

這一天正是伊娃替伸介公司的化妝品拍攝宣傳照的日子。她的身邊總是擠滿許多人，而今天除了工作人員之外，她的助理、經紀人以及唱片公司的企劃宣傳也到場，其實用不了那麼多人的。

而日商公司則是河內先生親自過來探班，並且帶著伸介。買了許多飲品，希望可以讓大明星感受到他們的用心。

拍照進行得很順利，不愧是專業表現！每個姿勢與舉手投足之間，都能吸引眾人目光。尤其是伸介，簡直看到眼珠子都快要掉下來。

事情發生在中場的休息時間。

河內與伸介坐在一旁。

「昨天我看到你的辭呈了……」河內說。

「真的很不好意思、真的對不起，河內先生……」伸介立刻九十度鞠躬致歉。

「我想知道，你在這裡做得很好，為什麼忽然想要離職？可以告訴我原因嗎？」

「歌神……」伸介有點口齒不清。

「什麼？」河內先生將耳朵靠近了些。

「我要……參加歌神大賽……」伸介壓低了聲音，終於說了出口。

「你要參加歌神大賽？」河內先生驚訝地大叫。這下子整個攝影棚的人都聽見了。

伸介很尷尬地看向四周，才發現大家都往這邊看了。包括伊娃。

「河內先生，小聲點啦！」伸介壓低了聲音。

「喔喔……抱歉。」河內這時也發現自己太驚訝。只不過，已經讓好事的伊娃經紀人 James 王聽到了。

他不客氣地朝河內和伸介方向走了過來。

「你要參加歌神大賽？」James 王的眼神相當輕蔑。

伸介則是尷尬地點了點頭。

「歌神大賽是需要經過層層關卡，才有機會到最後八強，也才有可能上電視，我看你連地方預賽都過不了吧！」James 王繼續擺出後母臉。

伸介低頭不語，雖然樹答應可以讓他直接通過預賽，但他並不想多做解釋。

沒想到河內先生跳了出來。

「王先生，你沒聽過伸介唱歌，你根本不知道他的實力如何！我必須說他是我身邊最會唱歌的一個！」

James 王挑了挑眉毛，大笑了起來。

「哈哈哈，好、好呀！如果這小子到時候真的成為了歌神，我就在忠孝東路上裸奔給大家看，哈哈哈！」話一說完就走了回去。

隨著 James 王走遠的方向，伸介看到了伊娃，她也正在看著他。

伊娃舉起手臂，對著伸介小小聲地喊了句：「加油！」

雖然旁人都沒注意到，可是伸介可是把這個小動作，深刻烙印在自己的腦海中。對於參加歌神大賽這件事情，也因為伊娃的舉動，讓他先前心中的尷尬和猶豫，全部都一掃而空了。

「伸介，你去吧！不過，我可以幫你爭取留職停薪。如果失敗了，還可以再回來。」河內先生對伸介的好，一時之間讓他說不出話了。

不過伸介知道自己的個性，就算失敗了，他也不可能厚著臉皮再回到這家公司上班了。

伸介深深地，對河內先生鞠了個九十度的躬，以表謝意。

上完了最後一天班之後，伸介約了狗子和祐希再度來到了狗子的餐廳。

「媽的，喝酒一定要約我這邊是嗎？」狗子大叫。

「你這裡喝酒不用錢呀！哈哈！」祐希笑著。沒過多久，三人的桌上早已經是滿桌啤酒。

「好啦，總之今天我來是要告訴大家，我辭職了……」伸介說。

狗子和祐希一聽，呆了兩秒。

「好，祐希，打電話，約人！明天早上繼續打牌！」狗子吆喝著。

「沒問題！」祐希隨即拿起手機。

「不用不用，我不打了……」伸介一手將祐希的手機按住，阻止她打電話。

「是怎樣?你不用賺錢喔?」祐希說。

「對呀，還是你又接到很多A書的Case ?」狗子接著說。

「都不是，我要參加歌神大賽!」伸介認真地講著。

「哇哈哈，真的假的?」狗子笑了出來。

「我是說真的!」

「……」祐希則是一語不發地看著伸介。

「你來真的……」狗子發現了伸介的認真，話也說不下去了。

伸介點頭。

「怎麼?不支持我?」伸介反問。

「不會，做兄弟的怎麼會不支持呀?」狗子又是一口啤酒。

「祐希，妳呢?」伸介發現祐希一直沒出聲。

祐希拍了下桌子，嚇得狗子和伸介兩人手上的酒都灑了出來。

「怎麼會不支持?媽的，高伸介，這才對呀!」祐希開心大笑，高高地舉起酒杯，邀她兩個朋友。

「我們敬高伸介，成為史上最帥歌神！」祐希說。

「那我們敬……祐希……欸……年輕照片很有女人味！」狗子說。

「媽的，你們就是不信，不然伸介你等等送我回家呀，去我家看照片呀……」

「算了啦，妳自己回家啦！你們兩個這杯酒，是要不要喝呀？」三個人舉杯的手懸在空中有點滑稽。

「乾啦！」狗子和祐希異口同聲喊著。

這一晚，又是三人不醉不歸的夜晚。只不過，照例，沒有人送祐希回家……

Track 15

彩排

「歌神大賽」的場地在一個大型體育館內，而節目的製作單位，當天早早就開始進入場地佈置以及彩排。

然而從踏進體育館的第一步開始，伸介就想打退堂鼓了。

踩在工作人員搭建的舞台上，望著空曠的場地，突然感到自己的渺小。實際在舞台上走了一圈之後，伸介的腿，竟然不自主地發抖了起來。

「歌神大賽」是由星河唱片和星光電視台共同主辦的比賽，每一年只舉辦一次。但是實際上，這一年之中，從地方預賽開始一直到選出最後八強，其實已經足足花了十個月的時間。而最後兩個月，才是真正歌神大賽的壓軸，因為最後八強的比賽會進行電視轉播。每年的這個時候，新聞媒體的話題都是圍繞在「歌神大賽」上。

「歌神大賽」和一般歌唱比賽相較下最特別的地方在於，這八強名單分別是在八個不同領域所比出的冠軍。這八個領域分別是：

白領階級——上班族。

藍領階級——勞動工作者。

海外華人——除了台灣之外，世界各地的華人。

學生階級——台灣學生族群。

業餘歌手——各地駐點演唱、配唱或是合音族群。

在線歌手——曾經出過唱片的歌手。

星河唱片保障的種子名額。

星光電視台保障的種子名額。

雖然很多人對於最後兩個管道的名額有質疑，但事實上，歷年來那兩個名額所推出的參賽者，實力通常不容小覷。也因此久而久之，大家也對於這件事情不那麼重視。

樹，就是星河唱片歌手保障的種子名額。只是伸介不懂，為什麼樹可以左右另外一個名額。

隨著製作單位的介紹，伸介在攝影棚內見到了其他七位參賽者。分別是：

留音美。女性，二十九歲——白領階級冠軍，原保險公司專業經理人。

楊漢。男性，三十二歲——藍領階級冠軍，原搬家工人。

Brown李。男性，二十八歲——海外華人冠軍，資訊管理碩士畢業。

李小雅（小鴨）。女性，二十一歲——學生階級冠軍，大學三年級生。

亞里．葉不達。男性，三十一歲——業餘歌手冠軍，原住民駐唱歌手

Blues。男性，三十歲——線上歌手冠軍，三年前為華人唱片銷量冠軍，沉寂

一時。

樹。男性，二十六歲——星河唱片培育歌手。

最後就是高伸介。男性，二十八歲——宅男一枚。

製作人集合了所有參賽者，朗聲喊著。

「各位，下禮拜的今天我們就要彩排了！我再把比賽規則說明一次。歌神大賽的決賽，採取單淘汰制，也就是捉隊廝殺。如果輸了，就沒有下次機會了……所以說，待會我們就會讓大家抽號碼牌。很簡單，一號就對上二號、三號對上四號、五號對上六號、七號對上八號。每一組的參賽題目也早已列出了，因此你抽到的號碼，除了決定你的對手之外，也決定了你的題目。比賽當天會有五個評審，每位評審皆握有五分，如果平手就得再比一首。因此希望各位，最好準備不只一首歌曲，贏的人就可以晉級，直到你成為這一屆的歌神。冠軍除了獲得五百萬的獎金之外，還可以與星河唱片簽約，推出個人專輯。」

製作人的話說完後，每個參賽者似乎都沒有特別興奮的表情。一來是大家早就把規則摸清，二來是因為早已在打量著旁邊對手的實力……

伸介則是充滿了不安，甚至有點後悔，自己不應該踏進這樣的世界。

「那麼，接下來我開始唱名抽籤。」

製作人拿起了名單：「樹！」

沒想到第一個就叫到了樹，伸介不由自主地吞了口口水，其他人的眼睛也都緊盯著樹，似乎他就是這屆比賽大家心目中最大的敵人。

樹則是和之前一樣，一副平靜的表情，耳朵上的耳環依舊閃耀。他緩緩走上前，將手伸進了號碼牌的箱子中。旁邊的記者們，則開始準備按下快門。

樹的手摸了一陣後，終於抽出了號碼牌，交給了製作人。

「樹，七號。」工作人員則將預先做好的名牌，貼上了立在場邊的大型賽事籤表上。

第二個抽籤的人是白領冠軍留音美，她抽到一號；藍領冠軍楊漢則是抽到了六號；海外冠軍 Brown 抽到了四號。很巧地，前面四個人都錯開了。

第五位是伸介。這時樹狠狠地緊盯著他，樹應該是希望不要在第一輪就對到，這樣對樹來說，太沒意義。

只不過相對於樹的緊盯，其他幾個人似乎對伸介抽籤的結果都不太感興趣，畢竟，他的外型實在就像是光華商場裡常出現的宅男罷了。

伸介走上前，看著製作人的臉，再看向一旁的賽事表。他清楚，如果抽到八號的話，他和樹的比賽就要提前上演了。

於是，伸介緩緩抽出了號碼牌，交給了製作人。

「高伸介，三號。」製作人大喊著。

伸介確認了一下賽事表，很快地釐清狀況。抽到三號代表他第一輪會碰上海外冠軍 Brown 李，而且如果順利晉級的話，則要到最後一場，才有機會接觸到樹。

伸介與樹兩人目光交接。看起來，樹對於這個結果也相當滿意。

接下來的選手全數抽完了之後，第一輪的所有賽事也已經確認了。分別是以下的對戰組合：

留音美——李小雅（小鴨）

高伸介——Brown李

亞里・葉不達——楊漢

樹——Blues

如果光就目前得知的資料看來，樹很顯然是抽到了一個最強的對手，一個華人唱片最佳銷售紀錄的保持人。

這時候製作人也走到了大型賽事表前，準備撕開各個對戰組合的比賽題目。

「第一組，留音美對李小雅的題目是——變聲（演唱非同性別的歌曲）；第二組，高伸介對Brown李的題目——Jazz風；第三組，亞里・葉不達對楊漢的題目是——搖滾風；第四組樹對布魯斯的題目是——舞曲。請各位在三天內開出歌單以及樂譜，我們將在下禮拜的今天開始彩排，謝謝各位媒體朋友，謝謝大家。」

一旁的媒體記者們開始圍著製作人訪問，而在場的八個參賽者，每個人心中的火焰，似乎已經默默地點燃……

Track 16

歌神大賽開始

經過了一個禮拜的準備以及前一天的彩排，各個參賽者都已經調整好狀況，摩拳擦掌面對這個比賽。

由於「歌神大賽」是現場轉播節目，因此將會在開播當天完成所有賽事，而今年的冠軍人選也將在今天誕生！

只不過各大媒體、報章雜誌，早已把這天定為「聖戰」，並且大肆宣揚、沸沸騰騰；電子媒體會將之前沒有轉播的比賽擷取出精華，讓觀眾了解參賽者的實力；而沒有實體畫面的平面媒體，則是會針對每個參賽者在成為歌神，關於出道後的發展路線及規劃進行分析，其中也包括了賭盤。

其中勝率最高的是Blues。畢竟曾經君臨過華人唱片市場的他，還是最被大家所期待；接下來就是星河唱片力捧的樹。當然，裡面最不被看好的就是高伸介，水果日報甚至是這樣評價的：

「一個日商公司出來的宅男。一頭鳥窩頭既不時髦又可笑，完全無法理解星光電視台將保障名額留給這個男人的意義為何。不單單是這一屆，如果以歷年九屆的『歌神大賽』來說，他無疑是實力最弱的一個！」

不過對這些事情，高伸介都不以為意。因為在比賽現場，他只盯著一個人看，就是應邀來參加的特別來賓——伊娃。

這時候，隨著導播的倒數，主持人David——也就是知名樂團「偷米和大衛」吉他手——已經走上舞台。而現場將近三萬人的觀眾，鼓譟聲更是驚人。

「各位嘉賓，非常高興大家又來參加一年一度的『歌神大賽』，今年依舊有來自各個領域比賽脫穎而出的八位選手參加決賽。不過依照慣例，我們請出五位最知名的評審老師，在現場來替我們做難度最高的工作！」

「首先介紹的是我的好搭檔也是知名詞曲創作人，『偷米和大衛』主唱——Tommy！」伸介在一旁看得眼睛都直了。因為他聽了好多T&D的歌，卻從來沒有見過本人。

「第二位是『歌神大賽』第一屆歌神——傑伊；第三位是知名音樂製作人——中澤先生；再來是第四屆『歌神大賽』冠軍——方倫；接下來是星光電視台以及星河唱片的總經理——瑞奇先生！」

光是看到這些評審，伸介就認為自己值回票價了。熱愛音樂的他，卻不是追星族，因此從來沒有機會可以看到這些人。

「好的，首先，第一場比賽就正好是女性組合對戰，也就是白領冠軍留音美小姐，對上大學歌唱冠軍李小雅！她們這一組比賽的題目是變聲，也就是說她們分別要各自選出一首男性的歌曲作為比賽曲目。」

這時候兩位選手已經分別站在了David的身邊。

「留音美小姐，請問妳所選擇的歌曲是？」

「〈背叛〉。」

「哇，這算是歌唱比賽的經典。好的，那麼小鴨呢？」

「我要唱陳奕迅的〈我們都寂寞〉。」小鴨說。

David倒吸了一口氣，身為歌手多年的他，當然知道這兩首歌的難度何在。

「好的，接下來就讓我們先來欣賞留音美帶來的〈背叛〉！」

David退到了一旁，現場也暗了下來。看起來舞台燈光也都過設計，配合每個參賽者所選擇的歌曲，做出最適當的搭配。

『背叛』的前奏一下，在場觀眾每個人的心中都各自浮現不知是曹格、楊宗緯亦或是蕭敬騰的版本。

『雨，不停落下來……』留音美的聲音一出，大家心中的版本全都一掃而空了，連一旁的伸介都把目光從伊娃身上移到了留音美的身上。

她詮釋『背叛』的味道，完全不同於男人版的聲音，細細的聲線清澈而有力，反而將『背叛』這首歌的意境，轉移成了女人的無奈。

『緊緊相依的心如何 say goodbye……』高音直擊腦門，讓每個觀眾聽到副歌時，都不自主深吸了一口氣。

伸介看著台上的留音美，不自覺地笑了。他真的熱愛音樂，可以聽到有人在現場將歌曲詮釋得這麼美，他的心中充滿了喜悅。

第二次副歌重複的部份，留音美作了點隨性的轉音。只不過伸介的眉頭在這時卻微微皺了一下，因為他聽出了在『當做最後一次的溺愛』處的某個音些微掉了 Pitch。只不過，全場觀眾早就陶醉在留音美的優秀表現裡。

演唱完畢後，David 上前主持。

「精彩的〈背叛〉。接下來我們就來看看，留音美小姐可以獲得多少分呢？」

五位評審的座位前面有著記分板，這時候跑出的總分是十六分，也就是說五位評審給的平均分數是三分多一些。

David 看著第一屆歌神傑伊只給了二分，趕緊將問題丟給他。

「請問傑伊，你只給了二分，有這麼糟糕嗎？」David 說。

留音美的臉色看起來相當難看。

「歌神，對一個歌神來說音準、節拍都是最基本的，沒有做到的話等於是零。副歌的高音有個音準跑掉了，就這樣。」

全場觀眾聽完了傑伊的講評之後，起了騷動。

「有沒有這麼嚴格呀……」

「我聽起來每個音都很準呀……」

「故意挑毛病吧……」

David 發現了觀眾的反應，趕緊出面調停。

「的確是有一個音準稍微跑掉了。不愧是第一代歌神，我們謝謝傑伊的講評。」David 作勢要大家跟著鼓掌。

「接下來，就是我們的學生冠軍李小雅的出場了，這首歌讓我們相當期待唷！

因為這首歌也是歷代歌神中的名曲——〈我們都寂寞〉。讓我們掌聲歡迎，李小雅！」

一片歡聲雷動中，小鴨緩緩走到了舞台中央。

Track 17

我們都寂寞

小鴨的五官很精緻，雖然不像伊娃那般動人，但是小巧的五官配置，很有日本偶像的味道。

只不過，她的歌聲，可就不是那麼簡單了。

『趕著下班的計程車，一嘯而過……』小鴨的第一句歌詞一出口，全場的氣氛就低了幾度，這當然是因為這首歌的氛圍所致，只不過，一個大學女生唱這樣的歌，卻可以將情緒掌控得很好，是令人驚訝的。

『下班後不想回家的我，誰要理我。很多年之前我問，朋友來陪我，有誰來愛我……』她的中低音控制得宜，讓評審們都進入了她歌曲的鋪陳中。

『可是我……我不知道想要什麼……不知道擁有什麼，可能我們都寂寞……』副歌的前三個字，可以說是這首歌最重要的記憶點。小鴨的聲音雖然女性化，但是卻可以將這種內在的心酸詮釋得如此貼切，伸介不自主地點著頭。

『迎面一個老尼姑走過，把路燈看破……有你在家裡苦等的我，難道比她幸福得多，現在不想下班的我，沒愛好難過，有愛算什麼，我恨我，我不知道想要什麼，我不知道擁有什麼，可能我們都寂寞……』小鴨順利將副歌的高音解決，但是在場的內行人都知道，這首歌重點要來了，在鋼琴配樂停止了四拍之後，必須抓到轉調的副歌、力道、音準、情緒，缺一不可。

『走過馬路的我說，一個人寂寞，兩個人寂寞……』鋼琴在此停止了，小鴨在這個地方深吸了一口氣，伸介也很緊張地看著台上，舞台燈光此時非常配合地昏暗了幾秒。

『可能我……』小鴨的聲音劃破寧靜而出，與鋼琴配樂結合得天衣無縫，在場所有人都心頭緊縮。因為一旦掌握住這個部份，後面的高潮就可以很容易地帶動所有聽眾。

『我不知道擁有什麼，而我……』小鴨的假音精純。『又缺少什麼，我還怕什麼……OH……怕什麼，我不知道愛算什麼……YEAH而我又算什麼……我們都寂寞……』後面這幾句一氣呵成，情緒高漲連綿不絕，絲毫沒有間斷，包括評審們，眾人的表情看起來都相當沉浸。

音樂一結束，全場觀眾報以熱烈掌聲，連伸介也興奮地鼓掌著。

「好耶！」

「安可！安可！」

觀眾的掌聲不斷，這時候主持人David出面了。

「太美了，沒想到一首經典歌曲可以被妳詮釋成這種感覺，我想全場觀眾都感受到妳想要表達的東西了。那麼，我們來看看，小鴨可以獲得幾分？」

評審們開始按起了按鈕，這時候背後的大型螢幕，迅速出現了分數。

「總分二十分！」David透過麥克風，大聲的叫著。

「相當高的分數，這一輪比賽的結果，現在看起來非常清楚了，由二號參賽者小鴨，晉級到我們的第二回合。」

小鴨高興地向前方的評審團們鞠躬，然後對台下數以萬計的觀眾揮手，一旁的留音美則是一臉懊悔，走下了舞台。

「接下來要上場的是第二組，這場對賽的組合分別是來自洛杉磯的華人歌唱冠軍 Brown 李，以及我們的宅男歌手高伸介。讓我們歡迎兩位出場！」

這時候伸介在後台緊張到全身發抖，另外一邊的 Brown 則是非常從容地出場。

「好的，這兩位就是我們今天的第二組比賽選手，欸……高伸介選手，高先生……請你趕快出場唷！」David 不停地往後台看著，只見伸介雙腳發抖，面對著三萬多人的觀眾，伸介第一次嘗到了上台緊張的窘狀。

David 這時沒有辦法，只好自己走到後台去，將伸介給牽了出來。

「高先生，還害羞唷！」觀眾們哄堂而笑。

「好的，在我身邊這兩位，就是第二組的參賽選手，高伸介以及 Brown 李，今天這一組所要比賽的題目是 Jazz 風。這聽起來不是容易的課題，那麼 Brown，你今天要帶來什麼樣的歌曲呢？」

Brown 李的打扮和造型相當美式風格，儼然已經有了明星的架勢。

「今天我要帶來一首英文歌曲〈Kissing a Fool〉。」Brown 說。

「哇！今天的參賽選手真的都非常厲害。這首經典名曲，是英國著名二人團體 Wham 的主唱 George Michael 單飛之後的作品，這幾年則是由麥可・布雷翻唱過，難度相當高！」

這時候伸介在一旁竟然猛點頭。

「這……高先生，我問的不是你。」全場再度哄堂大笑。

「那麼高伸介先生，你今天要迎戰的歌曲是哪一首呢？」David 問。

「……」伸介開了口，卻沒聽到聲音。

「麥克風、麥克風。」David 不停示意，伸介手上有麥克風，要他拿起來講話。

伸介這時才發現自己的愚蠢，趕緊將手上的麥克風拿至嘴邊。

〈我要我們在一起〉。伸介說。

David點著頭。

「這也是國語歌壇裡少有的爵士風歌曲！我非常期待男性Vocal如何將這首歌詮釋出另外一種風格。」David說著說著，將手放到了伸介肩膀上。

「請加油！」結果David一把手放上去，卻發現伸介的身體抖動得厲害。

「好的，那麼接下來，就讓我們先來欣賞四號參賽選手Brown李，所帶來的經典名曲〈Kissing a fool〉！」David一邊說著，一邊往後退。

只不過，David退到一半時，忽然發現已經呆掉的高伸介依舊站在前方舞台上，Brown李感到很詭異地看著伸介，伸介自己卻渾然不覺。

David趕緊從後台跑出，抓住伸介肩膀，整個人把他推進了後台。

台下祐希和狗子看傻眼了，觀眾們也再度笑了。

「那傢伙傻了嗎？」狗子說。

「應該要他多灌幾瓶啤酒的……」祐希說。

這時候古典的音樂一下，整場燈光暗下，只有一盞聚光燈打在了 Brown 李的身上，就如同當年 George Michael 的 MV 一般，這樣的氛圍應該是最適合這首歌的感覺了……

只不過，被 David 推到後台的伸介，他的身體依舊顫抖著，眼前一片空白……

Track 18

我要我們在一起

前奏一下，Brown 李將嘴唇非常靠近著 Stand（立麥），讓他的嗓音舒服地如同細水般，透過音響流洩了出來。

『You are far, When I could have been your star. You listened to people. Who scared you to death. And from my heart. Strange that you were strong enough. To even make a start. You'll never find peace of mind. Till you listen to your heart……』

這首歌當年被 George Michael 用極其迷人的聲音，訴說著對戀人的愛慕。前半段不停重複的主歌，口氣以及低音的掌控是這首歌的難度所在，因為比一般的流行歌曲，主歌多重複了好幾次，只是為了鋪陳後半段情感爆發的副歌，因此口氣控制得好，才會讓聽眾願意隨著這輕爵士風，舒緩地聽下去。

Brown顯然做到了這點，因為全場觀眾，幾乎都把目光放在了他身上，甚至有些人聽著聽著，舒服到把眼睛都閉了起來。

而隨著音樂以及Vocal的完美配合，很順暢地進入了副歌的間奏。在幾個小節的間奏音樂後，Brown深吸了一口氣。

『But remember this. Every other kiss. That you'll ever give. Long as we both live,when you need the hand of another man.One you really can surrender with, I will wait for you, like I always do……』

這一段經典中的經典，隨著每一句歌詞的漸高音，全場觀眾的情緒也逐漸被帶起。Brown控制得完美無缺，幾乎把現場每個人的情緒都全數帶出。

『There's something there, that can't compare with any other……』這一句歌詞，也更是〈Kissing a fool〉中最最重要的一句。從最高處轉成最溫柔的喉音、再從高音降至低音、低音拉至高音。伸介聽得全身的顫抖都停了，因為他知道對方唱得真的相當美。

『You are far, When I could have been your star. You listened to people, Who scared you to death. And from my heart. Strange that I was wrong enough. To think you'd love me too. You must have been kissing a fool, You must have been kissing a fool……』

最後一段主歌唱完，樂隊用 Jazz 特有的和弦走完了最後一句伴奏後，每個人聽得耳朵都快要融化了。

Brown 唱完後，全場報以熱烈掌聲。很顯然近年來台灣觀眾對於流行音樂的素養也越來越高了，對於好壞分辨得相當清楚。

David 出場。

「不敢相信！這首歌曲，我除了聽我的搭檔 Tommy 唱得這麼美之外，大概就屬 Brown 唱得最令人心醉了！好，讓我們來看看他可以獲得幾分？」

背後的大型電子看板開始跑著分數，果不其然，獲得不錯的成績。

「二十分！和剛才的小鴨一樣，也可以說是今天的最高分了！」David這時候看了一下後台的伸介，因為他知道一直到剛剛，伸介都還是發抖得厲害。他看過這麼多屆歌神大賽，可從來都沒有看過在這場大賽裡面丟臉的參賽者。他不希望伸介是第一個。

「好的，接下來，讓我們歡迎三號參賽者高伸介先生，他要帶來的歌曲是，〈我要我們在一起〉！」

David雖然擔心，但還是得要退場。這時候緩緩從後台走出來的伸介，看起來卻像是面無懼色了。

沒有人能夠想像，伸介是因為對手的好歌喉，而解除了緊張。

前奏一出，伸介這時已經走到了舞台中央，直視著三萬多名觀眾。

全場觀眾，除了狗子和祐希之外，對伸介有期待的人，大概就只有樹了。

當前奏結束，高伸介，開口了。

『風……遠遠地吹著我的臉我的手我的髮我的心我的眼睛，你遠遠地呆在那個城那個路那個房那個燈那扇窗口，我靜靜地放著你給我的CD音樂當作背景，怎麼唱……都不再煽情……』

伸介的第一句歌詞出口，「偷米和大衛」樂團主唱Tommy立刻抬頭了。連在後台的David都忍不住探出頭注視起了伸介。

〈我要我們在一起〉這首歌，以主歌來說，難度是遠遠勝過〈Kissing a fool〉這首英文老歌。原因在於前面的主歌歌詞又多又黏，一個處理不好，不但拍子會亂，就連歌詞也會因此而聽不清楚。

然而伸介從第一個音開始，每個音、每個字，穩穩落在該有的位置上，偶爾刻意拖了點拍，或是刻意搶個四分之一拍，伸介都可以立刻在下一個字調整回來。

『唉呦，唉呦……唉呦……唉呦……唉呦……你說你說我們要不要在一起，柔情的日子裡……生活得不費力氣，傻傻看你，只要和你在一起……』唱到了副歌的部份，伸介刻意帶點微微哭腔，將前面的每個唉喲連綿一貫，情緒聽得讓人不忍中斷。

『我記得你習慣閉著眼抱著我好像我是你的臉笑嘻嘻，我不知該如何對你笑對你哭張著嘴不理你像個機器，你的世界我的日子好像沒有誰對誰發過脾氣…過得太快，來不及……』

再次的主歌，伸介刻意多用了點力氣在咬字上面，可以讓前受兩次的主歌有點區別。不過唱到這個部份時，伸介的心裡忽然產生了不同的想法。

「就算照著原先彩排的唱法，我也和 Brown 差不多分數吧？就像上次和樹鬥歌一樣，這樣比賽他們分得出我們的差異嗎？」伸介也許想得太多，只不過他決定，採用和彩排時不同的唱法。

這是個風險很高的決定。雖然說 Jazz 風格的唱腔本來就是自由變化，不過沒有經過彩排就完全憑著音感即興發揮，這是一般歌手做不到，也不敢嘗試的事，因為一個不小心很可能就走音，甚至整個調子就跑了。

但，伸介不管了。

隨著鋼琴間奏的行進，伸介開始進入到音樂當中，用他的心體會接下來副歌和弦會走的音階。

『唉呦，唉呦……唉呦……唉呦……唉呦……』伸介接著間奏後面的重複副歌，將整個音提升了好幾個音，並且唱出了好幾個連音，利用 **R&B** 的轉音技巧，完全改變了副歌的部份。

這時候每個評審的眼睛都張大了。

『你說……你說我們要不要在一起，柔情的日子裡……生活得不費力氣，傻傻看你，只要和你在一起……』

伸介的這一手，將整個副歌的情緒拉大到與原來版本相距甚遠，也因為如此，當唱到最後一句歌詞時，忽然讓觀眾感受到，在整個情緒的狂風暴雨之後，世界，忽然都安靜了……

『我想現在……只能遙遠的……唱著你……』伸介唱到最後，眼睛完全閉了起來，為了感受音階，他幾乎把精神全放在了音樂當中。

這時候全場卻不再騷動，感覺像是按了停止鍵沉靜了幾秒。然後，祐希叫出了第一聲。

「安可……安可……」隨著祐希的喊叫聲，全場觀眾爆出了超級熱情的歡呼聲，逼得伸介張開了眼睛。

他看到，現場觀眾的歡聲雷動，他也感受到，自從小學之後，這輩子第二次讓他起了雞皮疙瘩的掌聲。環視著觀眾席，除了激動的祐希和狗子之外，他注意到伊娃也對他露出了讚嘆的眼神。伸介一邊傻笑著，但令他印象更深的是，樹銳利的眼光，一直沒有從他身上移開過……

Track 19 槍與玫瑰

在全場的掌聲之中，David 再度從後台走出。

「身為主持人……我真的不知道該說什麼了！『歌神大賽』果然是臥虎藏龍的比賽。讓我們來看看，高伸介，這次可以獲得幾分？」

計分板跑出數字的同時，伸介傻笑著看著觀眾，似乎不太在意分數，只不過觀眾在這個時候，已經爆出了驚呼聲。

「二十三分！」David 讚嘆地說著：「可否請 Tommy 幫我們做個講評呢？」

偷米拿起了麥克風，他給的分數是四分。

「情緒、節奏、音準、鋪陳音量及創意，沒有一點做得不好，我保留了一分，只是想要看看，後面的參賽者還有沒有更好的發揮。但高先生已經賦予了這首歌新的生命了。」偷米語畢，全場再度爆出熱烈掌聲。

「很棒！謝謝 Tommy。那麼，我們也很清楚，這一回合的比賽是由高伸介勝出！」伸介忙著向台下的觀眾鞠躬，David 的眼中也流露出對這年輕人的讚許之情。

高伸介走下台後，後台已經有人在等著他。

「果然有兩下子……」說話的人，不是別人，正是推薦他比賽的樹。

「謝謝。」伸介深深向樹鞠躬道謝，搞得樹有點不知所措。

「這是幹嘛……」樹說。

「我真的很感謝你推薦我來參加。那感覺，太棒了！」伸介的眼眶幾乎泛紅，樹則是完全不了解伸介這個人的腦子在想些什麼。

「再過一陣子，你就不會謝我了，我會在台上，把你徹底比下去。」說完之後，樹轉身離開了伸介的視線。

而一旁忽然傳出了尖叫聲。

「伸介，太神啦！」原來是狗子已經跑到後台來了，一把抱住了伸介。

「你看，我就說你可以的！」祐希自然也在一旁。

三個人抱在一起，就像是三個小朋友一樣轉著圈圈。

「狗子、祐希……」伸介頓時之間感到很感動，因為這幾個朋友，不管他是好是壞，都一直在他身邊陪著他。

這時候他們聽到觀眾席傳來了陣陣驚呼聲。

他們三人趕緊看向螢幕，原來是第三場比賽已經開始，而勞工冠軍楊漢剛唱完了信樂團的〈死了都要愛〉後，沒想到亞里・葉不達所挑選的歌曲是槍與玫瑰的超經典搖滾歌曲〈Sweet Child O'mine〉。

經典電吉他前奏一下，伸介也不禁想聽聽，以一個東方人而言，可以將這首歌發揮到什麼地步。

『She's got a smile that it seems to me. Reminds me of childhood memories. Where everything was as fresh as the bright blue sky. Now and then when I see her face. She takes me away to that special place. And if I stared too long I'd probably break down and cry. Sweet child o' mine. Sweet love of mine……』

這時候不止高伸介，連樹都不由自主地走近了舞台，因為亞里・葉不達的沙啞嗓音將這首歌的味道，幾乎接近原唱般地唱出來了。

「這『歌神大賽』實在是太屌了！竟然有人可以這樣唱？」

亞里・葉不達的歌聲，高亢到不可思議。最可怕的是，這種重金屬搖滾在他唱來，不但是有高音的激昂，就連每個字的轉音處理，都有著超高的細膩度以及情感在其中。

樹的眼睛瞪得很大。那感覺就像是說：「原來除了高伸介之外，還有一個這麼厲害的高手……」

『Where do we go? Where do we go now? Where do we go? Sweet child o' mine……』最後一段超高飆音，亞里・葉不達幾乎是把整個 stand 舉了起來，在舞台上瘋狂跳著。

整個電吉他的聲音與他的嘶吼 Vocal 到了最後一刻，同步停歇，讓整場爆出了足以掀掉體育館的驚人分貝。

David 在觀眾的鼓譟聲中，漫步而出。

「各位、各位，請冷靜，各位……」David 的話沒有說完，因為觀眾的歡呼聲不斷，可謂是今天比賽的最高潮。

「好的，各位，我看到大家都這麼欣喜若狂，只能說，我們『歌神大賽』的比賽水準，實在是太高了！」

這時候楊漢與亞里・葉不達一同站在了 David 的兩側，準備聆聽亞里・葉不達的分數。

「儘管如此，我們還是要看看，亞里，葉不達到底獲得了多少分？」

數字正在跑著，只不過大家心裡都有數，剛才獲得十七分的楊漢肯定沒以贏面，大家只是想要知道，亞里．葉不達可以得到多高分。

「二十四分！」隨著記分板上的數字顯示，全場再度因為這個高分而沸騰。

「傑伊先生請講評。」第一屆歌神握著麥克風，而他給了四分。

「很驚人！這樣的高音駕馭能力，以及後半段豪邁的唱法，簡直讓人覺得不可思議。只不過，歌神不只是歌王，神，是必須可以駕馭各種領域的，是需要可以掌控各種歌曲的能力，看起來搖滾樂就是亞里先生的強項，只不過後面比賽的部份，可不是只有這種曲風了。」

在亞里．葉不達綁起來的長髮下，臉上看不出一點高興，似乎這一切都是理所當然的結果。

楊漢與亞里．葉不達分別從舞台兩側退下後，伸介的神經緊繃了。

「接下來，可能是今天預賽最令人矚目的一場比賽。也就是曾經獲得唱片大賞的 **Blues**，以及星河唱片的超級新人樹的對戰！」

樹在上台前，看了伸介一眼。

「仔細聽吧！」伸介則是對著一旁的狗子和祐希說。

「聽什麼？」狗子問。

「那個叫做樹的男人，實力有多強。」伸介輕輕說著。

這時候，樹和 Blues 已經上台了。

一場激烈的歌唱對戰，即將展開。

Track 20

樹與愛麗斯

David 看著走上台的兩人，竟然不由自主往後退了幾步。

「Blues，好久不見。」David 說。

「好久不見，我不在歌壇的期間，市場似乎被你和你們家偷米佔據了不少呢。」Blues 話說得很酸，顯然對於「偷米和大衛」樂團這幾年的高人氣懷有敵意。

「哈！別這麼說。」David 尷尬地笑著。

「今天以後你的人氣會被瓜分掉更多。」冷不防，一旁的樹忽然說出了令人驚訝的話。

「小夥子還挺衝的！」Blues 斜眼看著樹。

「好的，戰情似乎一觸即發，這一組的比賽題目是舞曲。現在就讓我們來聽聽兩位分別帶來什麼樣的歌呢？」

「因為是比賽，所以我不挑自己的歌，〈Sexy back〉。」Blues說完後，示意兩人下台。

「那麼，樹要演唱的歌曲是？」David問。

「〈給愛麗斯〉。」樹說。

「好的，那麼接下來就讓我們來欣賞，Blues帶來的〈Sexy back〉！」David說完後，立刻走至後台，全場的燈光也立即暗了下來。

隨著前奏的重節奏，燈光配合著忽明忽暗，Blues在舞台上，似乎打算用舞蹈來取勝。

『I'm bringin' sexy back. Them other boys they don't know how to act. I think it's special, what's behind your back? So turn around and I'll pick up the slack……』

Blues 的全身關節就像是打散了一樣，每個舉手投足之間都充滿了巨星的風範，台下觀眾自然也尖叫不已。

『I'm bringin' sexy back. Them other fuckers don't know how to act. Girl let me make up for all the things you lack. Because you're burning up, I got to get it fast……』

Blues 在中間間奏時還秀出了一段獨舞，強烈的肢體魅力讓在場的觀眾沒有一個不折服的。

最後重複副歌好幾次之後，Blues 隨著一個跳躍停格，全場忽明忽滅的燈光也同時間全亮，引得全場觀眾高聲叫好。

「哇！太強了，看起來我們的新人樹，遇到了很強勁的對手！」David 出場後也是不斷稱讚著。

「那麼，讓我們來看看 Blues 可以得到幾分？」David 作勢要評審們開始給分。

「是……十八分！」David 有點驚訝。「可以請評審說說原因嗎？」

「我來說吧！」拿起麥克風的是知名音樂製作人中澤先生。

「Blues 很棒！舞蹈的編排、肢體的伸展都是國際水準。只不過這首舞曲很難，要唱到像原唱那樣充滿了性感的味道，我覺得你還差了一截，因此我給的分數不高。」中澤先生只給了三分。

Blues 的臉色不太好看。

一旁的樹則是帶了點微笑走上台。

「還不下去嗎？不是你的時間了。」樹一語雙關，讓 Blues 很不是滋味，緩緩走向後台。

「這個樹，真的很跩！」後台的狗子說。

沒想到，樹上台後並沒有走往舞台中央，而是走向了鋼琴邊，鋼琴老師這時起身默默起身離開。

「他要彈鋼琴？」祐希驚訝地問。

「他想要重現陳奕迅演唱會時的版本吧？」伸介說。

這時一盞Spotlight直接打在了樹的身上，他就坐在鋼琴前，雙手舉得老高，像是指揮家一般，等待著最佳的時機下手。

隨著樹的手指一下，貝多芬經典名曲〈給愛麗絲〉就這麼樣地從他的指尖下流瀉出來，全場觀眾驚呼，原來樹的鋼琴造詣是國際級的水準。

前奏幾個小節彈完之後，果然後面的樂隊開始伴奏，陳奕迅的經典舞曲〈給愛麗斯〉正式開唱。

『給愛麗斯，但你卻是愛美斯，華麗動人又理智……嫌我長得不標致……愛美斯，祝你愉快，找你的湯告魯斯，你別怕……你會鬱鬱不得志……耶……』

樹用標準的粵語唱完了第一段之後，離開了鋼琴在舞台中央跳起了舞，看起來像即興表演，每個動作卻又是那麼引人目光。

『被你放得低，被你看不起，才有這麼多心機作個愛麗斯一起……別對她生氣，別與她相比，才華多麼高都不夠買地，所以高攀不起你，給愛麗斯……但你卻是愛美斯，戒指未能合你意，唯有勾一勾手指，愛美斯，但求下次當你想想我拇指，你願嫁我，便記得講我知給愛麗斯……然後交給B或C，她正是我掛念你的拍子……』

樹的節拍分明、忽快忽慢，緊緊扣住人心，伸介聽到一半發現身邊的祐希不自覺地打著拍子，再看向全場的觀眾，雖然不像Blues演唱時的絢麗，但是可以確定的是所有人都聚精會神地聽著他每一句歌詞，深怕漏了什麼。

『愛麗斯喜歡什麼信物，平貴都……無謂理……獻上所有私己……她假如喜歡將我一生人給她氣壞你……愛麗斯喜歡什麼氣味……何必妒忌……難道你，愛我這副心地……日後成大器等你的湯姆克魯斯厭倦你……我再專心討好你……耶耶……』

副歌合著貝多芬的原曲改編歌詞，樹唱來柔情似水。一首舞曲既可以讓人跟著打節拍，又可以充分表現出感情，這也是陳奕迅為什麼會這麼讓大家喜愛的原因。

而今天表演的樹，很顯然做得絲毫不比原唱來得遜色。

最後唱完副歌後，樹再度回到了鋼琴前面，運指如飛彈完了結尾，前後呼應，鋼琴聲一結束，全場觀眾報以熱烈的掌聲。

David 在歡呼聲中走了出來。

「很棒！很棒！讓我們，一起來看看樹的〈給愛麗斯〉可以獲得多少分？」

後台的祐希與伸介同時猜測著分數。

「二十三分！」兩人異口同聲地說出。

「二十三分！」而舞台上的 David，看完記分板後，隨後喊了出來。

「預賽最後一回合，由樹獲勝！」David 似乎是不想讓 Blues 多說什麼，也不再請評審講評，隨即讓 Blues 下台，只見 Blues 的目光狠毒地看了偷米和 David 一眼，心不甘情不願地往後台走去，樹則是冷冷看著 Blues 離開。

Track 21

床底下的人

「預賽到目前為止已經告一段落，可以晉級比賽的選手分別是：李小雅、高伸介、亞里・葉不達以及樹。我們現在休息十分鐘，稍後將開始第二輪的比賽，也就是李小雅對戰高伸介、以及亞里・葉不達對戰樹！」

David說完之後，整個會場內起了很大的騷動，觀眾上廁所的上廁所，伸介則是和狗子還有祐希到了販賣機前面準備買飲料。

「伸介，你覺得誰會贏呀？」祐希問，一邊投了個十元硬幣進去機器內。

「嗯……不知道，樹吧！」伸介說。

冷不防狗子打了伸介的後腦杓一巴掌。

「媽勒，你自己也在比賽耶！說別人會贏……」狗子大叫。

伸介摸著自己的頭大叫。

「很痛耶……」

這時候祐希也給了狗子後腦杓一巴掌。

「打屁喔，他還要比賽耶！而且你的問題還真蠢，當然是伸介會贏呀！」祐希說。

「沒有……我……」伸介有點尷尬地不知如何回答。

一旁，忽然傳出了銀鈴般的聲音。

「我也覺得伸介會贏。」

三人回頭一看——伊娃，正站在他們面前。

「伊伊伊伊……」狗子結巴了。

「你就是化妝品公司那個員工吧，沒想到你歌唱得這麼好！加油！」伊娃的聲音聽起來足以讓所有男人心甘情願為了她做任何事情。

伸介整個人呆住了。

祐希則是看著伊娃走遠，一副搞不清楚狀況的臉。

「好面熟呀！這女的是……？」祐希說。

「伊娃呀！伸介床底下那個……」狗子說。

「喔喔！本人還真美！」祐希看著伊娃走遠的背影，似乎相當留戀。

冷不防換成伸介推了祐希後腦杓一把。

「拜託！不要和做兄弟的搶好嗎？」伸介斜眼。

「拜託！我又不是……」祐希不說話了。

這時候三人發現時間差不多，趕緊催促伸介回到後台，而David已經上場了。

「好的，接下來我們要進行第二輪的比賽。第一場是李小雅對高伸介，比賽的題目是『經典老歌』。」

小鴨與伸介同時走上了舞台。

「小鴨，請問妳這一回合所選的歌曲是？」

「我要唱的是〈千言萬語〉。」

「好的，那麼伸介，請問你的參賽歌曲是？」

「〈Lately〉。」伸介說。

「嗯……鄧麗君對抗Stevie Wonder，精彩可期！那麼就讓我們來聽聽看，小鴨詮釋的〈千言萬語〉！」

歌神大賽的比賽規則是可以自己編曲、自己轉變歌曲的組合。而這時候，小鴨用了歌唱比賽時極具風險的方式。

當全場燈暗以後，樂隊老師們似乎完全不打算下音樂，而小鴨在深呼吸過後，握著麥克風輕輕地唱出了前面幾句。

『不知道為了什麼……憂愁它圍繞著我……我每天都在祈禱……快趕走愛的寂寞……那天起……你對我說……永遠的愛著我……千言和萬語，隨浮雲掠過……』小鴨一口氣清唱至此，歌聲猶如黃鶯，在眾人的耳裡鑽出鑽入像是清風拂過，又像是呢喃絮語。

『不知道為了什麼……憂愁它圍繞著我……我每天都在祈禱……快趕走愛的寂寞……』再來一段主歌，小鴨依舊清唱，直到最後一個『寞』字結束，弦樂才起。令人驚嘆的是小鴨唱完了整段歌曲之後，與樂隊老師原本設定的 Key 絲毫不差，充分展現了「歌神大賽」候選人的實力。配合著音樂又一段副歌唱畢，結束了表演，全場掌聲不斷。

依照慣例，評審再度講評。

「很美！李小姐試圖用這首歌表現她的嗓音，也充分讓大家感受到她令人動容的音質。只是很可惜在情感的部份，並沒有相對呈現出這首經典歌曲的深度……」

電子看板跑完分數之後，李小雅得到了二十分。

「已經是相當高的分數了！」David 再次歡迎高伸介出場。

伸介已經不像第一次上台那樣緊張，他將自己放鬆，只希望可以帶給觀眾高水準的演唱。

當鋼琴聲一下，伸介的情緒已完全投入。對於這個宅男來說，這首英文老歌會讓他有感覺不只是超高音的歌唱技巧，更重要的是他完全了解歌詞的涵義，這對於詮釋歌曲有著相當大的幫助。

『Lately, I have had the strangest feeling……』第一句歌詞一出，台下的觀眾已經起了雞皮疙瘩。

『With no vivid reason here to find. Yet the thought of losing you's been hanging 'round my mind……』

伸介非常清楚這首歌的主歌，是在娓娓闡述自己的心情，擔心情人最近變了樣、擔心兩人之間的感情是否出了問題。

『Far more frequently, you're wearing perfume. With you say no special place to go. But when I ask, will you be coming back soon. You don't know, never know……』

最後一個字轉調，伸介刻意帶點鼻音讓原唱者的味道更加濃烈。

『Well, I'm a man of many wishes……』副歌第一個高潮伸介完全掌控，連續高音的情緒也沒有失掉。

『Hope my premonition misses，But what I really feel my eyes won't let me hide……』

而接下來最後兩句拉長音的結尾更是整首歌的重點。

『Cause they always start……to……cry……』、『Cause this time……could……mean……goodbye……』伸介的高音融入了間奏的鋼琴聲中，似乎話未說完又帶著點無奈。

隨後第二次的主歌與高潮迭起的副歌，伸介將嗓子完全放開，並且在尾音處加了點現代版的 **R&B**，就如同他在詮釋〈我要我們在一起〉時，完美地自由發揮他的天賦，這是沒有人可以模仿的。

歌曲結束後，有別於小鴨演唱完的掌聲，觀眾席上多了點的是些許哽咽，以及泛紅眼眶的人們。

伸介深吸一口氣，等待著 David 上台。

Track 22 特別的特別來賓

「太完美了！」評審席上的偷米，眼裡充滿讚許，看著台上的伸介。

「這首經典老歌，可能年輕一輩的朋友都沒有聽過，沒想到高伸介可以將歌曲表現得這麼有味道，雖然說聲線和原唱略有差異，但是卻聽出了更濃的情感。」

「好的，那麼接下來緊張的時刻到了，到底是誰可以晉級這次歌神大賽的決賽呢？」David 高舉著手營造出緊張氣氛。

「高伸介的得分是……二十三分！」David 語帶興奮地大喊著，只不過伸介依舊一臉傻笑，似乎這樣的結局對他來說也沒什麼好高興的。

台上的小鴨非常有風度地走向伸介。

「恭喜你，你真的唱得很棒！」小鴨伸出了手欲與伸介握手，伸介這時才很不好意思地與小鴨握手點頭示意。

「讓我們再次掌聲感謝這兩位帶來如此美妙的歌曲！」觀眾的一片掌聲中，伸介與小鴨退到了後台。

「接下來又是一場龍爭虎鬥了。在預賽表現相當精彩的亞里・葉不達以及星河唱片的新人樹，將要進行下一場對戰，這一場比賽的題目是『男女對唱』。」

David的話一說完，台下的觀眾都議論紛紛。

「男女對唱？兩個都是男的，怎麼比呀？」

「要找個女的來吧……」

David無視於觀眾的鼓譟。

「是的，男女對唱！為了這次的題目我們特地請來了職業歌手，原本如果是女生晉級，Tommy就會和參賽者合作；而今天因為兩位都是男性，所以我們請來了特別來賓，歡迎Eva——伊娃！」David的話一說完，全場響起了不太整齊的掌聲，男性歌迷的歡呼聲清晰可見，只不過似乎女性對她沒有太大好感。

伊娃一走上台，伸介的眼睛瞪得老大。

「歡迎伊娃！這次伊娃擔任的工作只是協助，因此她的歌聲並不列入比賽評判。請問伊娃今天與兩位男士合唱的歌曲分別是？」

「我和亞里．葉不達要合唱的是〈一眼瞬間〉，樹則是和我一起演唱經典老歌〈Endless love〉。」

「光聽歌名就很值得期待了！好的，那麼接下來就讓我們來欣賞伊娃與亞里．葉不達帶來的〈一眼瞬間〉！」

伊娃果然是職業歌手，當前奏一下她深情望向亞里，兩個人似乎就已經進入了愛情世界中。

『白茫茫的星光，灑在長長路上，想念的冰涼，你知道嗎……你淺淺的微笑，深似海的眼光，都能掀起我，滔天的巨浪……』伊娃的歌聲聽起來有點微弱，卻又非常清晰。

『妳相信嗎，這是命嗎，這次我們放棄抵抗，那怕擁抱，在身上，劃下深深的傷……』亞里・葉不達的歌聲充滿了磁性，與先前演唱重金屬搖滾曲風有著極大的差別。

只不過這時候後台的伸介一聽，臉色有點奇怪。

「怎麼了？」祐希問。

「這比賽怪怪的，亞里・葉不達可能沒發覺……」

終於到了合唱的部份。

『只要看你一眼，一瞬間……哪怕是最後畫面……我的世界，因為愛過而完美…誰都不該離太遠……只要看你一眼……』兩人合聲至一半，觀眾就發現了不太對勁的地方。亞里・葉不達不停看向伊娃，因為他發現他的聲音完全蓋掉了伊娃的歌聲，卻無法臨時調整，只能讓這整段不和諧的合音持續下去。

「怎麼會這樣?伊娃唱得很爛？」祐希問。

「不是，伊娃不至於這麼不會唱。是設定好的！伊娃是道題目，她設定自己是個聲音比較微弱的女歌手，如果亞里・葉不達想要成為歌神，就得要注意與自己合唱者的狀況。他失算了……」

果然，即使再一次主副歌，甚至最後拉高音的高潮，整首歌都已經被亞里・葉不達的歌聲掩沒，完全失去了一首合唱曲的意義。

音樂結束，亞里的臉色相當難看。

「我想，這次我們直接看分數吧！」David為了避免參賽者的尷尬，直接要看分數。

電子記分板迅速跑著，跑出了十六分。

「這次稍後兩組一起講評，我們先讓伊娃以及樹替我們演唱他們的比賽歌曲〈Endless love〉。」

伊娃與樹兩人站定位後，經典老歌的前奏就透過音箱傳到了每個人的耳中。

『My love……There's only you in my life. The only thing that's right……』

樹的歌聲一出，後台的祐希背脊發涼。

「這……和他之前的歌聲怎麼差別這麼大，好有……感情……」祐希驚訝地說。而高伸介這時已經目不轉睛地看著台上樹的表演。

『My first love, You're every breath that I take. You're every step I make……』

而伊娃在這首歌裡的聲音又恢復到正常的狀態，看起來剛才果然是設定的。

『And I …… I want to share, All my love with you. No one else will do. And your eyes, They tell me how much you care……Oh……yes you will always be My endless love……』伊娃的歌聲唱得平鋪直敘，絲毫沒有轉音，以這種唱法去詮釋西洋歌曲是不適當的，可是在合音的部份，樹卻很巧妙地掩飾過去了。

伸介聽得清楚心裡也明白，樹真的是個很會唱歌的傢伙，不但自己的情緒收放自如，就連合唱者的狀況，他也一併考慮進去。

『Cause no one can't deny……This love I have inside. And I'll give it all to you……My love……My endless love……』

最後一段高潮的兩人高音合唱，伊娃依舊平直地唱著，但樹卻總是能在適當的時機加上轉音，讓整首歌聽起來既豐富又有變化。

音樂結束後，伊娃與樹兩人深情對看著，觀眾都報以掌聲。

「表現得很好！讓我們先來看看兩人的分數！」

記分板上在幾秒之後跑出來的是二十分。在伊娃有前提的設定下，樹還是可以保持歌曲相當的水準，果真有一定實力。

David像是刻意忘記了有評審講評這件事情，企圖讓節目的步驟更加緊湊，於是匆忙結束了這回合的比賽。

「好的，比賽到現在為止，我們終於選出了『歌神大賽』的決賽參加選手，也就是星河唱片的樹，以及我們的宅男歌手高伸介。」

亞里．葉不達與伊娃往後台走的同時，伸介也正要從後台走到舞台前，迎面而來的伊娃看著伸介，俏皮地對伸介眨了眨眼。

「加油！」就在兩人錯身而過時，伊娃在伸介的耳邊說。

這個小動作讓伸介的鬥志完全高昂了起來。

「我們現在正式宣佈，『歌神大賽』決賽開始！」David的一番話，將整場的氣氛引爆至高潮。

Track 23

歌神級的分貝

伸介與樹一同站在了 David 的左右側，David 接著公佈了決賽的規則。

「今年決賽的方式和往年不同。以前都是由評審評分決定冠軍，而今年將由全體觀眾一同票選！大家可以注意到在會場裡四處都有黑色的小型儀器，其實那都是分貝機。今年決賽的評分規則就是，參賽選手演唱結束之後，由觀眾的歡呼聲或是掌聲的分貝數及持續的時間長短來決定勝負！」

David 話一說完全場就開始沸騰，而場內的儀器也開始出現了數字變化。

「一百分貝！這已經是噪音等級囉！那麼，接著就讓我們來期待，真正的歌神可以創造出多少分貝！決賽的題目是 R&B 曲風，請問樹你要參賽的歌曲是？」

David 說。

樹看了伸介一眼。

「〈One last cry.〉」樹淡淡地說，只不過 David 面露驚訝神情。

「這首歌可不是普通難唱喔！那麼，高伸介請問你要演唱的曲目是？」

「〈And I am telling you I am not going.〉」伸介傻笑著說。

這時候連樹都把頭撇過來了。

「難度越高，你會死得越難看。」樹冷冷地說，伸介依舊傻笑。

David 看著兩人之後，面對著廣大的觀眾群大聲報告著。

「一首是由布萊恩麥肯奈特所寫出的高難度歌曲，另外一首則是《Dream Girl》中，由奧斯卡金像獎最佳女配角，珍妮佛哈德森所重新翻唱的超高難度歌曲。今天的歌神大賽可能是史上最有看頭的一次。好，就讓我們先來聽聽樹所帶來的〈One last cry〉！」

David 擁著伸介退到後台，樹則是全神貫注在接下來的演出，打算拿出他所有的實力，一舉打敗高伸介。

隨著前奏一下，樹的眼神立刻變了。

『My shattered dreams and broken heart. Are mending on the shelf. I saw you holding hands, standing close to someone else……』樹在最後兩個字的地方，轉了五個尾音。

『Now I sit all alone. Wishing all my feeling was gone……』中間真假音轉換完美。『I gave my best to you, nothing for me to do……』主歌唱至目前為止都沒有大問題。

『But have one last cry. One last cry, before I leave it all behind. I've gotta put you outta my mind this time. Stop living a lie. I guess I'm down to my last cry……』

樹非常順利地將第一段完成。

而這時在後台的祐希因為沒有聽過這首歌，正納悶著樹為何要在決賽的時候選擇這首歌。第一段的最後一個字剛唱完，樹已經用完美的假聲漸強地做了個過場。

『Cry……』祐希的心頭一震。而接下來的第二次主歌，才真的讓祐希聽得目瞪口呆。

『I was here……you were there……』中間的「here」，使用真假音搭配四個音的轉音，漂亮極了。

『Guess we never could agree. While the sun shines on you. I need some love to rain on me……』小地方的「on」字上面，再度做了三連轉音，一樣完美。

『Still I sit all alone. Wishing……all my feeling was gone……』樹在這一句做了即興發揮，將「wishing」以及「gone」兩個字都拉長拉高並且連續轉音，聽得觀眾們的心被一路揪上了天空。

『Gotta get over you, nothing for me to do……』一直到這一句，才將觀眾帶回了地面。

祐希聽得幾乎無法喘息，因為她是第一次聽到有人可以唱成這種地步。

『But have one last cry. One last cry, before I leave it all behind. I've gotta put you outta my mind this time. Stop living a lie. I know I gotta be strong……』

這段副歌唱得蕩氣迴腸，祐希原以為這首歌的高潮已經過了，沒想到後面這一句再次震撼全場。

『Cause round me life goes on and on and on……』最後一個字「on」，樹一下子拉高了好幾個音，並且利用真音拉高後，在雲端上繞了幾個圈子，聽得祐希的心臟差點停止，沒想到後面一句更嚇人。

『And on……yaya……』已經被帶到雲端的高音竟然轉了調，跳到另外一個高音，並且轉變得迅速自在。

光是這幾句全場的觀眾便已經不由自主地鼓起掌了。

祐希心想：「夠了吧……這首歌唱到這邊已經太誇張了……」

樹唱完了這有如在雲端出沒的高音之後，趁著間奏稍微喘了口氣，因為這首歌最難的地方，即將到來。

『I'm gonna dry my eyes……』間奏完第一句中的「gonna」樹做了三轉音，並且在最後一個字「eyes」精準唱上了高音。

『Right after I had my……』最後兩個字的高音已經逼近了真音的極限，樹將他拉長再拉長再拉長，全場觀眾的心就像是突破了雲端，已經被揪扯到了大氣層之外的高亢。

沒想到像是不讓聽眾休息似的，緊接著又是精彩的副歌。

『One last cry, One last cry, before I leave it all behind. I've gotta put you outta my mind for the very last time. Been living a lie. I guess I'm down. I guess I'm down……』唱到最後的地步仍然不忘轉調。

『I guess I'm down……』最後一個字，樹再度在歌聲瞬間拉高，就像是噴射機快要撞到地面時，硬生生地拉起機首一般的快感，而持續拉著高音也把觀眾的心，哄抬得無法平靜。

『To my last cry……』最後終於在幾個轉音之後，將觀眾順利地帶回了地面。樹也不忘再來幾個即興的Filling，而這有如帶領聽眾來了一趟噴射機之旅的歌聲，讓全場幾乎暴動。

觀眾的呼喊聲和掌聲一波波湧來，機器迅速計算著分貝。而這樣的巨大聲浪像海嘯般一陣一陣不停歇。

終於在激情過後，觀眾們稍微平歇。

「一百二十一分貝、持續的時間是一分鐘！媽呀，我真不敢相信，有人可以將這首歌唱成這樣！這對東方人而言，幾乎是不可能的任務。」David在音浪退下之後，站在舞台上驚嘆地說著。

「我想這就是『歌神大賽』精彩的地方了。接下來就來看看，高伸介會拿出什麼樣的表現，來對抗樹的這首經典作品！」David再度高舉起雙手。

「各位觀眾，歡迎高伸介帶來的〈And I Am Telling You I Am Not

Going〉！」

Track 24

我不會走的

聽完了樹的演唱之後，伸介在後台又笑了。而且是打從心底，開心地、不停地笑著。因為，他可以現場聽到這麼精準的演出，讓他實在是高興到說不出話來。

只不過另外一方面，伸介緩緩地走上舞台，看著台下那麼多的觀眾，他也不禁思考了起來，要怎麼唱才會贏得過樹。

他想起了小學在禮堂裡演唱的那段往事。

原本他也是很緊張的，後來是那個禮堂入口鐵門前的小公主。因為伸介看到了她，眼中瞬間只有她，而當時年紀很小的伸介，決定將當下要表演的歌曲，獻給這位小公主。

伸介記得很清楚，那是他第一次感受到唱歌的魔力。他感受到有神，進入了他的體內。

伸介聽著鼎沸的人聲，忽然在觀眾席上、人群裡面，一個人影竄進了他的視線。

伊娃。

伊娃微笑著坐在評審席後面，看著高伸介。

一瞬間，伸介覺得舞台上什麼聲音都沒了、旁邊的人都消失了，整個體育場裡，只有她和他。

就是這樣的感覺，高伸介想起了小學時表演的感覺。

而他選的這首歌，一開始是由人聲清唱進入，之後樂隊才會跟著進歌。伸介站在舞台上，感受著他和伊娃之間的默契，他認定，她就是當年小學那個坐在鐵門前的小公主。

祐希和狗子在後台覺得不對勁了。

「這傢伙搞屁呀，上去三十秒了怎麼不開口？是不是忘詞了呀？」狗子說。

「……」祐希則是緊張地看著伸介，一句話都不答腔。

也許是因為時間拖了太久，觀眾席上不時傳來了咳嗽聲或口哨聲，催促伸介趕緊下歌，不過伸介依舊是遵循著自己的步調。

時間一秒一秒過去了，伸介看著伊娃，忽然深吸一口氣後，第一句，脫口而出。

『And I am telling you, I'm not going……』伸介的歌聲充滿了情感，他心知肚明 R&B 的技巧不只是轉音的變化，更重要的是利用抖音注入感情。

『You're the best Woman I'll ever know. There's no way I can ever go……』伸介這時很自動地將歌詞「man」改成了「Woman」，好讓自己的感情投射更加直接。

『No, no, no, no way……No, no, no, no way. I'm livin' without you……I'm not livin' without you. I don't want to be free. I'm stayin', I'm stayin', And you, and you, you're gonna love me……Ooh……you're gonna love me……』

伸介帶著濃郁的感情將第一段唱完，而祐希和狗子這時候又緊張了。

「伸介怎麼選唱這首歌呀，好聽是好聽，可是沒有像樹那首歌那麼有技巧呀……」

『And I am telling you I'm not going. Even though the rough times are showing There's just no way. There's no way……』一直很高昂的音調在伸介唱完這個字之後，忽然又柔情似水得讓人融化。

『We're part of the same place. We're part of the same time. We both share the same blood. We both have the same mind. And time and time we have so much to share……』而到了最後幾個字，一口氣又將力量加強，這一收一放之間，讓前面沒有進入狀況的聽眾，瞬間就掉入了伸介營造的世界中。這不像樹的那首歌，伸介在這段歌詞中一步步將情緒勾起，而觀眾們都已經不自覺地被他感染。

『No……no……no. No……no……no. I'm not wakin' up tomorrow mornin'.

And findin' that there's nobody there……』

尤其唱到這一句時，伸介刻意將嗓音厚實化，整個聽起來就像是低沉的咆哮，深刻地打擊著每個聽眾的心。

『Darling, there's no way. No, no, no way, I'm livin' without you. I'm not livin' without you. You see, there's just no way. There's no way……』

鋪陳至此，伸介就像是深陷愛人離去的無奈與悲傷，每一句歌詞都像是迫擊炮，一發發地打進了聽眾的心中，同時被悲哀與力量重擊著，讓聽者心頭一沉。

『Tear down the mountains. Yell, scream and shout. You can say what you want. I'm not walkin' out, stop all the rivers. Push, strike, and kill. I'm not gonna leave you. There's no way I will……』一連串接近嘶吼的自白，伸介刻意加強喉音，每一句都讓聽眾心頭酸。

而最後一個英文字「Will」伸介拉長了音，一口氣連著後面歌詞的第一個字，一氣呵成的糾結感讓觀眾幾乎喘不過氣。

『And I am telling you……』不只觀眾進入歌曲本身，這時候伸介更是全神投入到歌曲當中，唱到「You」的時候，伸介隨著音樂自動拉高了音，並且熟練地轉著音，完全不輸給剛才的樹。

『I'm not going, You're the best Woman I'll ever know. There's no way I can ever, ever go……』重複了兩次「ever」，伸介的情緒就像是真的在訴說著自己不甘心離去，歌聲中帶著點哭聲，力量大得全場觀眾心頭無法平復。

『No, no, no, no way……No, no, no, no way, I'm livin' without you……』

『Oh, I'm not livin' without you. I'm not livin' without you. I don't wanna be free……』伸介在最後將音飄高，藉以加強後面兩句歌詞。

『I'm stayin'……』

『I'm stayin'……』

『And you, and you. You're gonna love me……』

『Oh, hey, you're gonna love me……』

『Yes, ah, ooh, ooh, love me……』

『Ooh, ooh, ooh, love me……』連續拉高轉音。

『Love me—』伸介此時的歌聲就像擂台上的拳手，一拳打進聽眾胸口。

『Love me—』一拳。

『Love me——』再一拳。

『Love me———』最後一拳。

『You're gonna love……me……』

經歷近乎兩分鐘的高音轉音、假音、嘶吼之後，高伸介，終於在最後「Love」這個字轉了八個音，像是給了觀眾心頭最強烈的重擊之後，順利地完成演唱。

在這首歌曲後半段的部份，觀眾們沒有一個人發得出聲音，甚至接近無法喘息的地步，只因伸介連綿不絕的唱腔與情感，已經征服了全場。

在音樂結束的同一時間，全場觀眾都起身給予掌聲，只因沒有辦法遏止心中的激動。能將一首歌曲詮釋到讓每個人的心都無法安穩，並獲得最長最熱烈的掌聲以及歡呼聲，對歌手而言這應該是最高的榮耀吧！

伸介吐了一口氣，自己心裡也久久無法平息，他看著這群人，這容納三萬多個人的會場，他的心情，頓時不知道飛到哪裡。

他覺得，自己似乎回到小學的禮堂了。

因為他看到了，伊娃，也在人群中，站立著、鼓掌著……

Track 25

歌神慶功宴

後台的 David 一直等著，等待著觀眾的情緒何時平復，只不過一波又一波的尖叫聲以及掌聲，讓他抓不到出場的時機。

伸介傻傻站在舞台上，享受著觀眾給他的歡呼。這時候的他只有感動，並不了解這些掌聲的背後，代表著什麼意義。

經過了兩分鐘左右，觀眾終於掌聲停歇，人群也陸續坐回了座位，雖然中間依然會有幾聲突兀的吶喊聲，但 David 已經可以出場。

「太驚人了！如果以時間來看，高伸介接受了觀眾們的喝采長達了兩分半鐘，很顯然超過了另外一位選手的時間。我們來看看剛才的分貝達到了……一百三十九分貝！這幾乎要掀掉了屋頂！也就是說，獲得第十屆『歌神大賽』冠軍，並且成為最新歌神的是—高、伸、介！」

David舉起了伸介的右手，接著全場又是一陣歡呼聲，大家站了起來，為這一位新出爐的歌神，致上最崇高的敬意。此刻，歌壇又出現了一位超級新星。

狗子和祐希在後台驚訝地說不出話來，半晌過後，狗子才大叫。

「伸介贏了！伸介贏了耶！媽呀，伸介是歌神啦！我兄弟是歌神！」

狗子大叫之後狂奔到舞台上，緊緊抱住了伸介。伸介還搞不清楚狀況，已經被撞得人仰馬翻，整個人跌在舞台上，而祐希也在這個時候跑了上前，三個人抱在一起，開心得無法自己。

「謝謝各位的觀賞。這一屆的『歌神大賽』到此告一段落，讓我們大家一起來看看新一代的歌神，會替歌壇帶來什麼樣的震撼。也讓我們期待明年『歌神大賽』會再出現什麼樣的巨星，我們明年見！」在伸介接受完了星河唱片的總經理頒獎以及象徵性簽下唱片合約之後，David 對著廣大的觀眾替歌神大賽下了最後的註解。

伸介與狗子等人到了休息室，星河唱片的總經理——瑞奇，已經等候多時。

「高先生，恭喜你，也歡迎加入我們唱片公司。」瑞奇在說話的同時，旁邊有著一大群媒體記者，閃光燈不停。

「謝謝……」伸介卻還是一副不知所措的模樣。

「晚上我們已經包了夜店，要替你辦一場慶功宴，評審們以及特別來賓都會到場，還有我們唱片公司裡的員工，希望你務必參加。」瑞奇先生很客氣地說。

「好的，那個……請問我的朋友也可以去嗎？」伸介並沒有忘記被記者們擠到角落的狗子和祐希。

「可以，當然可以。」瑞奇先生開心地拍著伸介的肩膀。

「那麼，我們就待會兒見了。」瑞奇先生笑著離開了，這時記者群蜂擁而上，包圍了伸介。

「這傢伙真的紅了耶！我真不敢相信，真的變成歌神了……這樣我應該就可以拿到蔡依林的簽名照吧？」狗子在一旁和祐希說著。

「對呀！雖然我很鼓勵他這樣做，只不過……好像會有什麼將會改變的感覺……」祐希說。

「什麼東西？」

「沒什麼東西……」面對狗子這種粗線條的傢伙，祐希心知講再多他也不懂。

二十分鐘過去，記者群總算散去，他們也終於可以鬆一口氣。

「呼，真是累人，沒想到和記者講話這麼累！」伸介說。

「很累嗎？我看你好像挺爽的樣子……」狗子不以為然。

「幹嘛，見不得人好呀？」

「祐希擔心你呀，擔心你紅了之後就不認兄弟們了……」狗子說。

「想太多，我只是拿到一個歌唱比賽的冠軍，又還沒發專輯、更不要說走紅……」伸介一邊換著衣服，一邊說。

「都已經有那麼多記者來採訪了，還不算紅？」祐希一臉沉悶地說。

這時候伸介已經換好衣服，將換下的衣物裝進袋子。

「走了啦，是要在這邊講到幾點？等等慶功宴你們去不去？」伸介一手背起了背包。

「去！」祐希狗子兩人異口同聲說著。

「哈哈，我就知道有酒喝你們兩人一定不會錯過的！」伸介雙手勾住兩個人的肩膀，三個人就這樣勾肩搭背地走出了休息室。

晚上九點半，東區夜店。

伸介、狗子以及祐希，在回到伸介的小房間換了衣服之後，又出發到夜店。

一走進夜店，每個人看見伸介都上前打招呼。

「恭喜，高先生，我是企劃部經理喬治……」

「恭喜，我是發行部美娜……」

「高先生晚安，我是音樂製作部漢克……」

就這樣，伸介一路上和星河唱片的工作人員一一打了招呼，而大家不但看起來年輕，就連造型也都很有自己的風格，和先前待的日商公司簡直天壤之別。

走到了貴賓室後，伸介等人終於又看到了瑞奇先生。

「你來了呀！伸介，來，我來替你介紹這位是阿Joe……」瑞奇的手指向了坐在沙發上的一個男人。這人個子不高，但五官卻很精緻，留著一頭抓亂的日本偶像式髮型。高伸介對這個人並不陌生，因為，那就是在雜誌上，撇清與伊娃關係的上一屆歌神。

「阿Joe和你一樣也是從『歌神大賽』出來的，只不過，他這一年可是創下了歌壇上不得了的奇蹟。哈哈！」瑞奇先生乾笑了幾聲後，看著伸介面無表情的臉，霎時有點接不下去了。

「伸介、伸介……」一旁的祐希推著高伸介，希望他回神。因為伸介這時的眼看向阿Joe的眼神，除了怒意之外，沒有別的情緒……

阿Joe站了起來，伸出了手。

「你好，以後我們就是同公司的人了。」阿 Joe 的聲音出乎意料地動聽。

伸介勉為其難伸出手，與阿 Joe 握了握手，這時一旁閃光燈又閃，原來媒體記者早就混在了夜店當中。

伸介一時像是想到了什麼，左顧右盼尋找著。

「樹呢？他不也是星河唱片的簽約歌手？我還要感謝他呢！」伸介說。

瑞奇先生與阿 Joe 對看了一眼之後，大笑著。

「『歌神大賽』輸了之後，他就不是簽約歌手了。該說他笨還是有自信呢？竟然把你找來比賽。從今天起，他和星河唱片就沒關係了。」瑞奇先生依舊笑容滿面地說著。

伸介聽完則是一陣錯愕。這時候從貴賓室外走進來一個人，在阿 Joe 的耳邊講著悄悄話，阿 Joe 聽完後，立刻向伸介道別。

「我還有點事情，先離開了。伸介，歡迎加入星河！」阿 Joe 說完話後很迅速地離開了貴賓室，而房間內的記者，似乎嗅到了什麼，立刻跟著衝出房外。

Track 26

表白

阿 Joe 離開五分鐘後，處在貴賓室裡的伸介就聽到外面傳來吵雜聲。他聞聲走了出去，看見被大群媒體簇擁的伊娃。

「伊娃，請問妳剛才有看到阿 Joe 嗎？」

「你們是不是故意錯身，是妳不想見到他嗎？」

「請問你們的感情有第三者嗎？」柔弱的伊娃這時看起來更加憔悴。

這時的伸介不知哪裡來的勇氣，挺身而出站了出來。

「今天是歌神慶功宴，有什麼事情都不能搶走我的風采吧？」伸介一把將伊娃拉進了貴賓室內，記者們這時面面相覷，也只好等待下次機會採訪。

「謝謝。」伊娃的眼神楚楚可憐，看得伸介幾乎都要把命給了她。

「伊娃，妳來了呀！這次『歌神大賽』多謝妳來當特別來賓，真的是增色不少。」瑞奇先生看起來像是和伊娃很熟識，伊娃也很自然地坐在了他身邊。

伸介看著伊娃，有點看傻了。

一路以來自覺自己與伊娃的地位相差太多，只敢把她當作女神般仰慕的伸介，在剛才那一瞬間，忽然察覺到了自己已經成為新科歌神，似乎拉近了和她之間的距離。

而一個奇妙的念頭，就這樣竄進了伸介的腦中。「既然她已經和阿 Joe 分手，也許這就是我的機會，我應該……向伊娃告白？」

對於一個宅男而言，伸介的愛情觀沒有「追求」、只有告白。成功與否，一翻兩瞪眼，如果成功了，就是男女朋友；失敗了，就繼續把她當作女神，或者再換個女神崇拜。

伸介越想越興奮，自己幻想著某一天，可以和伊娃在街上走著、開著跑車載她去兜風，甚至兩人一起到國外度假……

「你的鼻孔撐大個什麼勁兒呀？」冷不防狗子冒出。

「對呀，是不是想到什麼低級的事？」當然祐希也在。

伸介趕緊打哈哈。

「沒有，哪有什麼事啦！今天開心嗎？開心就要多喝幾杯！」伸介大喊著。

「好呀！最後一個人送祐希回家……」狗子說。

「哈哈哈……」伸介大笑。

於是這三個好朋友，把夜店當成了狗子的餐廳開始牛飲了起來。一旁唱片公司員工，每個人都看傻了眼。

「再來一杯！」祐希大叫著。這已經是第八杯長島冰茶了。

「妳喝那個不夠烈啦！喝我這個呀……」狗子則是喝了第十杯的 Vodka。

伸介握著龍舌蘭酒杯的手，已經不穩了，狗子硬把自己的伏特加塞了過去。

「喝！祝我們兄弟今天出人頭地，成為了……賭神……」狗子甚至模仿起周星馳的聲音．

「賭你媽啦！你電影看太多喔……」祐希大叫。

「喔喔，是……歌神！」狗子笑。

「賭神歌神都好啦！總之以後有我就有你們。」伸介開心地拍著其他兩人的肩，唱片公司的人則是敬而遠之。

「祐希，妳喝那個是什麼鬼呀？我喝喝看……」狗子一把將祐希的長島冰茶搶了過來，一口就是半杯。

「這……沒什麼酒精吧……嗯……」狗子看起來有點不勝酒力了，沒兩下就睡著了，只留下伸介和祐希兩人在大沙發上喝著酒。

「祐希，我今天真的太開心了，想到以後可以賺錢給我媽，我就不知道該說什麼了！」伸介大字型躺在沙發上。

「我也很替你開心！伸介，既然這樣，那我告訴你一個祕密好了。」祐希晃著腦子說。

「嘿嘿，真不愧是好兄弟，我也有事情想要跟妳說！」伸介決定跟祐希分享剛才看著伊娃時所產生的想法。

「這麼巧！」祐希順勢比出了個二十五分的手勢，表示太棒了。

「對呀！誰先說？」伸介說。

「我先說好了。」

「不行不行，今天我歌神，我先說！」伸介急著想要告訴祐希，他打算向伊娃告白的事。

「歌神個屁呀……我先說！」只不過祐希太兇了……

「好……妳說……」伸介嚇到。

祐希企圖立正站好卻因為酒精作祟，搖頭晃腦地。

「高伸介，你和狗子一直都是我的哥兒們，不過今天我要告訴你一個祕密……」

伸介狂笑了起來。

「說就說了，搞什麼鬼怪呀？哈哈哈……」伸介笑到差點從沙發上滾下來。

「我不是女同志，而且我喜歡男生！」祐希一臉正經地說。

「哈哈哈！妳不要再搞我了啦！我快笑死了……」

「而且我喜歡你！高伸介，我喜歡你！我喜歡你……」祐希依舊冷靜，而伸介狂笑的聲音，卻在祐希重複了兩次告白之後，漸漸消逝。

「妳……在開玩笑嗎？」伸介的酒有點醒了。

「我說最後一次，高伸介，我喜歡你，從小就喜歡了……」祐希的表情從來沒有這麼正經過。

這時伸介從沙發上站了起來，不可置信地看著祐希。

「……」伸介不停搓弄著自己的臉。

「就這樣嗎……你的反應？」祐希冷冷地說。

「……」伸介依舊無言。

看著伸介持續沉默了五秒左右，祐希拿起了自己的背包，頭也不回地就往門口走去，伸介不忍看她離開，卻也說不出什麼話來。

「……祐希……妳喝的是汽水吧！」狗子忽然醒過來，卻被伸介一把推倒。

伸介原本醞釀很久的念頭，也被祐希這突來的一番話，全盤打消。

因為他意識到，如果角色對換的話，如果伊娃也沉默以對的話，他自己該怎麼辦。

這麼一想，伸介覺得祐希好勇敢；而自己，真的很懦弱……

Track 27

新世界

慶功宴結束後的兩天，一個叫做小玉的女孩打了電話來。

「喂，伸介嗎?你好，我是小玉……」

還在家看著伊娃剪貼簿的伸介，一臉狐疑。

「妳好，請問妳是？」

「我是星河唱片的員工，從今天開始我就是你的宣傳，麻煩你配合我安排的行程，請多多指教。」

「喔喔，請多多指教。」伸介感到奇妙。

「今天下午一點在XX電視台有你的通告，十二點我會開車過去載你，麻煩準備好等我。」小玉的聲音很溫柔。

「好。」伸介掛完電話後，忽然意識到自己要上電視了！不知怎麼地心底開始緊張了起來，他不擔心唱歌，卻很擔心其他事情。

接連換了五、六套衣服之後，伸介坐立難安地看著時鐘、盯著手機，深怕自己錯過小玉打來的電話。

十一點五十四分。

小玉終於來電。伸介依照指示上了公司派來的休旅車，而坐在後座的小玉，看起來比伸介想像中來得大隻許多。

「你好，我是小玉。」

「妳好。」伸介伸出手與小玉握了握，赫然發現小玉的手大約是自己的兩倍。

寒暄過後，伸介忍不住發問。

「請問……今天的通告是要唱歌嗎？」

「不是……和唱歌沒有關係。」小玉說。

「那麼是要專訪我嗎？我應該說什麼？」伸介幻想著要開始講一些關於母親、關於自己從小生長的故事。

「不是，今天的通告是一個談話性節目，需要一個對日商公司有了解的人，因此製作單位想到了你……」小玉說。

「……」伸介苦笑，覺得這樣的內容隨便找個路人應該都行吧……

很快地，他們抵達了電視台，小玉帶著伸介進到了大樓內。

「哇！」伸介看著電視台裡面充滿著液晶螢幕以及許多大型道具，讓他不自覺地驚嘆了起來。

「製作人你好，這是我們家新人高伸介……」忽然間，小玉看到一個帶著帽子的中年男子，整個人有禮貌了起來。

「到那邊等一下……」只不過，製作人似乎正眼都沒有看伸介一眼。

雖說是一點的通告，伸介和小玉倒是十二點半不到，就已經抵達現場。

「伸介，你肚子會餓嗎？我去幫你買東西。」小玉親切地說。

「不用、不用……」伸介心裡想說，小玉人真好，對於一個初來乍到的菜鳥，還這麼親切，伸介感到很感激。

於是，小玉出了攝影棚，只剩下伸介一個人坐在休息室內。沒多久，休息室裡走進來了好幾個人，每個看起來都像是電視上常出現的面孔。

「今天講什麼？」其中一人說。

「日商公司的職場什麼的……」這一名看起來像是主持人的女人，一進來就坐在休息室的正中間，所有人都過來招呼她了。

伸介一個人坐在角落，遠遠地看著。

這時候剛才對伸介態度一直很冷淡的製作人也靠了過去。

「楊姐，這是今天的Rundown，不好意思……特別來賓們都在路上，快到了，我們先化妝好嗎？」製作人和顏悅色的模樣，與先前面對伸介時判若兩人。

「那我先去吃飯。」這名被稱為楊姐的人，立刻起身要離開現場，製作人也不敢阻攔，只敢在背後叫著。

「楊姐，我們一點鐘錄影喔！」

只不過楊姐沒有回應，一溜煙地離開休息室。

製作人看了伸介一眼，沒有多說什麼，休息室裡很快又只剩下伸介一個人。

時間一分一秒過去，伸介又餓又睏。等不到小玉，索性走了出去，乾脆自己去買些東西吃。只不過一走出休息室，就看到壯碩的小玉站在旁邊正與工作人員在聊天。

伸介遲鈍地站在原地，聽到了小玉和工作人員的對話。

「妳帶新人來呀？」工作人員說。

「對呀，也不知道什麼爛比賽出來的，我看他也不會紅啦！」小玉的嘴臉，頓時讓伸介難以置信。

老實的伸介，轉身回了休息室裡，那個角落的位子上。

這一坐，就過了兩個小時。

伸介納悶著，不是一點的通告嗎？現在都已經兩點半了……而且他在這段時間裡，看到了幾位像是職場專家的人陸續到了現場。

「人呢？楊姐人呢？」製作人氣急敗壞地吼著剛才在外面與小玉聊天的工作人員。

「我打了電話了……都沒開機……」工作人員則是一臉惶恐。

「媽的！都是你們敲的這些特別來賓，我說過幾次不要讓他們比楊姐晚到，楊姐現在不爽了！」製作人大聲吼著。

「現在怎麼辦？」工作人員畏縮的說。

「操！怎麼辦？打電話給楊姐助理啦！」工作人員害怕地衝了出去，而製作人則在一旁踹了化妝檯。

伸介感到不解。

只不過，他一直看到人來來去去，大家急急忙忙打手機溝通、確認事情，就是沒有半個人過來理會他。

中間有一度伸介不小心睡著了，卻因為口水流到了自己的大腿上，才醒了過來。一看手錶，竟然已經晚上十點了。

伸介這時看了看休息室內，半個人都沒有，正打算打電話給小玉的時候，楊姐和一群工作人員出現了。

「楊姐今天主持得真不錯，效果十足！」製作人跟在一旁說著。

「少拍馬屁了，以後如果同樣的情況再來一次，我就不錄了。」楊姐拿了自己的東西，起身要離開。

這時伸介趕緊跟上前，畢竟已經等了太久了。

「製作人，請問要開始錄了嗎？」伸介說。

這名中年製作人轉身看了看伸介，一臉狐疑地問。

「錄啥?你哪位？」

「我是高伸介，來錄日商職場……」伸介說。

「拜託，現在都幾點了？剛才早就錄完了，收工了啦！媽的，哪來的二愣子？」製作人一臉不屑地離開了休息室，只剩下伸介一個人傻傻站著……

伸介忽然覺得，這個世界和他想像的，也許，有很大的出入……

Track 28

怒髮衝冠為紅顏

接下來的日子裡，伸介依舊灰心。

要不是上了個連自我介紹都來不及的綜藝節目，就是和一大票特別來賓混在一起的談話性節目，明明都做足了能夠暢談分享的事前準備，卻總是被其他來賓搶奪話語權。所謂的宣傳小玉，依舊是表面和氣，私底下卻對伸介嗤之以鼻。

晚上回到家之後的伸介，一個人呆在房間裡，感受不到這樣活著的的意義為何。

伸介試著拿起電話找人聊聊，只不過，打給狗子卻總是喧嘩帶過。而以往那個最能與他分享心情及各種疑難雜症的祐希，卻在慶功宴之後和他們兩人斷了聯繫。

但，伸介還是撥出了一通電話。

「媽……還沒睡嗎？」打給他在宜蘭的母親。

「介仔，唉唷，你去參加比賽也都沒跟我說，還是阿源看到報紙跟我講才知道的，恭喜耶！」阿水姨的聲音聽起來很高興。

「嗯……」伸介其實開心不起來，因為他覺得自己現在的處境，比在日商公司還不如。

「不用給自己太大的壓力啦！做自己開心的事就好。」阿水姨從伸介的沉默中就可以得知他的苦惱，畢竟是自己小孩。

「媽，等我賺了錢，妳搬來台北好不好？不要再讓阿土姨欺負妳了……」伸介說。

「哎唷，沒有欺負啦！阿土姨是媽媽的姊姊，怎麼會欺負我？你不要想太多，好好做自己的事情就好。」

「……」伸介雖然沒有回應，但是心裡卻已打定主意，一定要把母親接來台北過好日子。

「好啦！媽，我去睡了。」掛了電話後，看著通訊錄裡祐希的號碼，猶豫著該不該撥打。

正要按下通話鍵的時候，電話響了。

「喂，伸介，我是小玉。明天下午兩點通告，公司集合，別遲到……」小玉以迅雷不及掩耳的速度掛了電話，讓伸介也斷了打電話給祐希的念頭。

然而隔天的通告是精彩的。

因為是某個超高收視率的大型綜藝節目，邀請了當代當紅的歌星現場表演。而伸介身為今年『歌神大賽』的冠軍，理所當然受邀演出。

在後台等待時，伸介看得眼睛都直了。因為除了當紅歌手以外，就連歌神大賽的主持人以及評審T&D也到了現場。

「伸介，好久不見了！」David很熱情地和伸介打招呼，而這是伸介第一次上通告時，有前輩對他這麼客氣的。

「你好。」伸介畏縮地笑著。而這時候 Tommy 則是不客氣地拍打著伸介的肩膀。

「大方點！你是今年的歌神，你的實力無庸置疑，加油，我看好你的！」Tommy 豪爽地說著。

「唱片開始製作了嗎？」David 問。

伸介搖頭。

David 看了 Tommy 一眼。

「沒關係，如果開始籌備了，我們幫你寫一首歌。」

David 的好意讓伸介眼眶都快紅了，畢竟，演藝圈裡面還是有好人……伸介如是想……

這時候大批媒體守候的重點人物也到了。

果然，去年的歌神阿 Joe 一身輕便地走進了休息室，大批媒體立刻上前包圍。

「阿 Joe，今天伊娃也會來，你們不怕碰到面嗎？」

「之前的緋聞真的都是假的嗎？」

鎂光燈和問題排山倒海般湧來，但是阿 Joe 似乎見怪不怪，完全不理會。沒多久之後，伊娃果然也出現了。

伸介看得眼睛都大了。因為今天伊娃是受邀表演，穿了一襲露肩的粉紅色洋裝，白皙的鎖骨以及肩膀美得讓人無法直視。

媒體記者們就像蒼蠅看到另外一塊腐肉般，整群移往伊娃的休息室，只不過開口發問的還是那幾個關於緋聞的八卦問題。

「對不起，今天我們要來表演，因此不接受任何感情方面的訪問……」James 王依舊非常機車地擋住了所有記者。只不過這時候對於伸介來說，James 王的表現讓他覺得經紀人就該如此，非常稱職。

James 王擋住媒體的同時，眼角的餘光不小瞥到了站在角落的伸介。不知道是想到了什麼，他的臉色忽然變得一陣白、一陣青，然後非常不自然地走到了伸介身邊。

「你不用那樣看著我，我知道我說過什麼話，別擔心，一言九鼎，不會食言……」James 王咬著伸介的耳朵，低聲地說著。

伸介聽完話後，先是一呆，隨後才想起了，James 王曾經說過伸介贏得歌神的話，就要在忠孝東路上裸奔的事情。

「哈哈哈，好呀！那什麼時候實現？」伸介老實不客氣地說。

「改天啦改天，總不會是今天呀！哼……」James 王氣得不理會伸介，回到了伊娃的休息室。

休息室的門要被 James 王關起的同時，伸介透過門縫，看到了伊娃在鏡中憔悴的神情，這時她也看到了伸介。只不過，伊娃像是不想讓別人看出她的心事，強顏歡笑對著伸介做了個笑臉。

這樣的伊娃看了令人心疼，伸介的心情也因此受到很大影響。

「伊娃，等著我，我會照顧妳的……」

也不知道從哪裡湧出的勇氣，伸介這時候有著無比堅定地決心，從今天起沒有人可以欺負伊娃，也沒有人可以讓伊娃難過。

看著阿 Joe 的伸介，眼中燃起了無名的火燄。

或許也因此，讓今天成為了歌神傳奇的開始。

Track 29

歌神的陷阱

節目開始了。

這是個現場直播的表演秀，因此每個藝人都在後台戰戰競競地準備著。節目是由大牌主持人歐 No 主持。只見節目開始之前，歐 No 就與阿 Joe 兩人聊得非常開心，顯而易見兩人私底下的交情不錯。

伊娃一開始的勁歌熱舞，就將現場氣氛炒得相當火熱。像伊娃這樣的女藝人，雖然不是實力派歌手，但是因為人美歌甜，只要偶爾演出輕快曲目加上舞蹈，就可以輕易將舞台炒熱。

伸介當然目不轉睛盯地著看。

一下到後台，伸介立刻開心地鼓掌，看得伊娃又笑了。

對於伸介而言，進入演藝圈最大的動力應該就是伊娃了。

T&D 上場。老牌團體實力依舊，得到了現場很熱烈的掌聲，而接下來就是伸介了。

「讓我們歡迎今年剛出爐的歌神，高、伸、介！」歐 No 用著極具渲染力的語調介紹伸介出場，然而他自己卻是一臉尷尬。

「伸介，我們都知道你的演唱實力堅強，請問有沒有你崇拜的歌手呢？」表演前，主持人依照慣例訪問了歌手。

「應該是 T&D 吧！」伸介不假思索地回覆著。

「這麼說來，去年的歌神阿 Joe，你是不放在眼裡了？」歐 No 故意將話題扯到阿 Joe 身上，而這時鏡頭也帶到了阿 Joe，他故意裝作一臉尷尬的樣子。

「他是唱得沒有 T&D 好……」伸介率直地回答了。

只不過這句話，可引起了許多人的噓聲，主持人並不會放過這樣的高潮。

「你是說你唱得會比他好嗎？」歐 No 的表情充滿了幸災樂禍。

「也許吧……」伸介看了一下後台的伊娃，斬釘截鐵地說。

「哇！有人來踢館了，我的好朋友阿 Joe，你要不要上來說幾句話呀？」歐 No 試圖把這個事情炒得更加火熱，因為多年演藝經驗的他知道，這話題絕對可以讓他的節目，在明天登上頭版，搞不好還可以延燒好幾天。

只不過，阿 Joe 這時候的神情已經變了。對他而言，這個新出爐的小師弟，理應對他推崇備至，更別說在業界的倫理道德上伸介本該尊敬他幾分。

因此，阿 Joe 當下心裡決定給他一個小懲罰。

「阿 Joe，你們家師弟認為你的唱功不會比他好！」歐 No 說。

「很多事情，沒有放在同一個天平上秤的話，是不知道差距有多大。」阿 Joe 這時說的話已經是完全不留情面了。

「哇！火藥味、火藥味，感覺我只要點根火柴，現場就會引爆了！」歐 No 試圖將氣氛炒至更熱。

「那麼這樣好了，新舊歌神要不要來場 PK 賽呢？」歐 No 作勢要現場的觀眾鼓掌。而對於歌迷來說，當然不會錯過這樣的機會，於是全場歡聲雷動了起來。

「阿 Joe 意下如何？」歐 No 問。

「我接受任何挑戰。」

「那高伸介呢？」歐 No 再問。

「好呀！求之不得。」為了幫伊娃出一口氣，伸介在這個時候已經是賭上了自己的一切。

「為了讓 PK 賽公平，我們決定讓兩人演唱同一首歌，又因為阿 Joe 是上一代歌神，於是曲目就由阿 Joe 來決定？」歐 No 看向伸介，伸介點頭。

對於伸介而言，不管是古今中外、簡單的、難唱的、男生的、女生的，他都有相當把握，因此他對於這樣的比賽規則，一點都不放在眼裡。

只不過，這次，伸介錯了。

阿Joe給了樂隊老師們樂譜之後，緩緩走回舞台中央。

「不要說我沒有前輩風範，我先唱，隨後再由你上場。」

伸介沒有回應。

而當樂隊老師的鋼琴音樂一下，伸介就知道上當了。

那是一首他沒有聽過的歌。雖然這個可能性非常低，但是那的確是一首伸介從來沒有聽過的歌。

後台的Tommy皺起了眉頭。

「這首歌是我們寫給阿Joe新專輯的歌，專輯都還沒發伸介又怎麼會唱？這一次，伸介真的說過頭了……」

David癟著嘴看著舞台的情況，很顯然他們兩人對伸介都有好感。

這首抒情歌曲由鋼琴伴奏，整首歌慵懶而性感。而其實對伸介來說，這也是第一次在現場聽到前代歌神阿Joe的演唱。

阿Joe的聲音低沉而迷人，沙啞的嗓音時而將人們的心情壓至谷底，又常常在最低迷的音符後，跳出了一絲絲熱情。

伸介雖然充滿了驚恐，但還是認真地聽著阿 Joe 唱的每一個音符。畢竟伸介愛樂如癡，雖說這次 PK 賽是出自於衝動，但他還是很享受阿 Joe 高超的唱腔。

曲畢，全場熱烈迴響。一種高雅的、舒坦的音樂，讓聽眾們都忘了這兩個人是在 PK 的。

阿 Joe 鞠躬感謝著觀眾的掌聲，隨後看了伸介一眼。

「這首歌阿 Joe 呈現得淋漓盡致！如果高伸介不會唱或是想要認輸的話，我想大家都可以理解的。」歐 No 說。

「原來這都是設計好的，如果在此放棄的話，那麼這個通告我就一首歌也沒唱到就結束了……為了伊娃，我不想讓阿 Joe 得逞！」伸介心裡面一邊想著，一邊不自覺地地走上舞台。

阿 Joe 驚訝著、歐 No 驚訝著，David 和 Tommy 都驚訝著！

「他會唱？」阿 Joe 看向 T&D 的眼神似乎在詢問兩人，這首歌難道之前有給別人聽過？

David搖著頭，而Tommy則是目不轉睛地盯著舞台中央，因為鋼琴前奏已下。

高伸介承受著眾人懷疑的目光，緩緩地，拿起了麥克風。

Track 30

真正的歌神

鋼琴幾個小節的前奏彈畢，伸介張開了雙唇，歌聲透過了麥克風，從音箱中清楚流洩出來。

阿 Joe 的眼睛瞪大，歐 No 則是不停回頭看著阿 Joe、後台的 David 則是專心聽著，而 Tommy 的嘴角則露出了滿意的笑容。

「這小子……搞不好真的是歌神……」Tommy 說。

「是呀，只聽過一次就把所有音符和歌詞都背起來了！我沒有看過這種人……」David 附和著。

兩個人專心地看著，聽著場中的伸介一句一句重複著幾分鐘前阿 Joe 唱過的歌詞、高音、轉音、低音、假音，每句歌詞的結尾，他都處理得完美無缺。

阿 Joe 咬著牙，驚嘆的眼神中透露出怒火看向歐 No，只不過歐 No 也只能做出無可奈何的表情。

然而被點燃火焰的伸介，可不是只有如此而已。到了第二段副歌的時候，他唱出了和阿 Joe 不同的味道。

「這裡不是這樣的，高伸介他唱錯了吧？」歐 No 說。

「不……」只不過阿 Joe 的表情更加難看。

因為伸介從這段副歌開始，就「即興發揮」了起來。雖然音符都和原唱不同，但是拉拔了好幾個高音的唱法，每一句都在和弦內，而且表現得更加令人情緒激昂，全場觀眾聽得幾乎都醉了。

「被改了……偷米……」David 笑笑地看著 Tommy。

「幹嘛學我老婆叫我小名。高伸介這傢伙，實在是太有意思了！」Tommy 則是開心地笑著。

隨著最後鋼琴的高潮結尾，伸介緊握麥克風的手，緩緩放下。全場在靜默了五秒鐘左右，爆出了掀翻屋頂的歡呼聲。

「歌神！歌神！」此起彼落的叫聲久久無法停歇，讓一旁的阿 Joe 臉色難看地離開了現場，而伸介並不知道，從這個時間點開始，伊娃看待伸介的眼神，甚至電視機前一大票聽眾的眼神，已經轉變。

「各位，這突如其來的插曲，簡直讓我們難以想像！兩代歌神的 PK 賽，我們寧願說沒有輸家，而最大的贏家，就是我們觀眾朋友啦！」歐 No 趕緊上台打圓場，並緊握著伸介的手，向大家致意。

伸介一貫地站在舞台上傻笑。但是他知道，他喜歡這種感覺，就像是贏得鬥歌或是贏得『歌神大賽』一樣，他愛這種感覺。

然後，伸介習慣性地在人潮中，尋找他熟悉的人影——狗子及祐希。只不過，這一次，身邊的人已經不在……

雖然沒有看到好友，但是敏感的伸介，在這個時候卻感受到一雙溫暖的眼神，從舞台後方看著他。

那是伊娃，他暗戀許久的人。兩個人就這樣，一個在舞台前、一個在後台對望著，忘記了身邊所有的雜音。

第二天一早，伸介就被找到公司去了。

原因無他，太多人看到這場直播了。自從『歌神大賽』之後，觀眾們再次認定了伸介的歌唱實力。於是，Call爆的歌迷詢問電話逼得星河唱片公司，不得不召開緊急記者會，宣佈伸介發布個人專輯的排程計畫。

面對記者，伸介依舊一副宅男樣，因為到目前為止，除了高漲的知名度以外，伸介的生活其實並沒有太大變化。

唱片公司為了著手進行新專輯的籌製，不但開始幫伸介改變造型，也找來了許多音樂製作人，進行音樂理念上的溝通。

這部份是伸介的最愛，因為從這一步開始，他總算有機會接觸到和音樂相關的事項。加上音樂製作的漢克和伸介一樣是個音樂宅男，兩個人溝通起來非常順利。

這段期間內，伸介不停往返錄音室以及公司之間，只為了做出更好的音樂，而每天日夜顛倒的生活，讓他越來越少與狗子及阿水姨聯繫了，祐希就更不用說了。

這天下午，伸介更是破天荒的替某家連鎖便利商店代言，這種機會對一個新人來說，幾乎是千載難逢。

伸介來到了攝影棚之後才發現，這次敲的攝影師與上一次幫伊娃攝影的是同一位，而那個攝影棚，更是錄製『歌神大賽』的地方。

「這裡……也算是對我最具意義的地方了……」伸介心裡想著。

伸介做著造型以及測光的同時，宣傳小玉則是忙進忙出，幫他買飲料與打點一切。

「伸介哥，你想喝哪一種?這是有加奶的、這是有加檸檬的、這是純綠茶、這是加了點啤酒的、這是美國的、這是歐洲的……」小玉買了各式各樣的口味，就怕買不到伸介喜歡的。

伸介這時忽然體會到，旁邊的人對待他的態度，變了。

「小玉，不用這樣……我隨便喝就可以了……」伸介隨便拿了一瓶綠茶之後，小玉高興地把其他幾種包起來。

趁著伸介拍照的空檔，小玉悄悄走到伸介身邊。

「伸介哥，可以麻煩你一件事情嗎？」小玉很謹慎地問。

「什麼？」

「這是我妹……其實還有我啦……想要你幫我們在這裡簽個名好嗎？」小玉拿出了很大的一塊手寫板，以及一支奇異筆。

伸介看著小玉的變化，想起了當時她對他的反應，不禁莞爾。

「好呀！我幫妳簽，沒有問題。」伸介大方答應之後，沒想到，攝影棚內的工作人員一擁而上。

「伸介，也幫我簽……」

「伸介……我姊姊好喜歡你……也幫我簽一下……」

一群人拿出了一堆可以簽名的東西，圍繞在伸介旁邊。伸介第一次感受到，原來歌唱的能力，可以帶來這麼大的改變。

而歌神旋風，在這一刻開始，席捲華人世界……

Track 31

想找人聊聊

接下來的三個月內，伸介過著有如電影快速剪接般的生活，從一個宅男，迅速彈到了超級明星的位置。

很快地，伸介發行了他個人的第一張專輯，光是預購就賣掉了二十萬張。然後同步在內地的銷售數字更是嚇人，第一週就已經達到將近百萬張的成績。

原先伸介對於這樣的成績並沒有感覺，只不過，當他知道他自己的版稅達到破億的數字時，這才驚覺到，自己似乎已經不是半年前的那個高伸介。

伸介所到之處，萬人空巷。在台灣，只要是有他參與的演唱會，場場爆滿不說，在內地的邀約更是驚人。一路從香港紅磡唱到了北京工體，沿路在杭州、武漢、上海、深圳等內地的各大都市，每個人都見證到了歌神的神蹟。

這三個月內所作的統計，兩岸三地的雜誌封面，有百分之九十五都是歌神高伸介；而高伸介代言的廣告，從汽車、服飾、飲料、食品、房地產、百貨公司，林林總總加起來約莫有二十幾樣，不管在哪一方面，都創下了紀錄。

中間還曾經受邀參加談話性節目，主持人楊姐就是之前一怒之下離開了攝影棚，讓伸介等到半夜的藝人。伸介刻意晚到兩個小時，只不過今非昔比，製作人與楊姐依舊客氣地在休息室裡，等待他的到來。

在這不景氣的年代裡，歌神高伸介變成了一個傳奇，一種平民神話。不管是財經節目、綜藝節目、談話性節目，甚至連新聞都想盡辦法要邀約伸介上通告。

一直到某一次感冒，伸介發現自己實在太累了，這才算是真正停下來休息。只不過「高伸介」三個字，在這短短時間內早就已經家喻戶曉。歌神等於高伸介這件事情，已經沒有人會懷疑了。

這一天，狗子的餐廳內。

「伸介，你總算打電話來啦！這些日子我打了幾百次了，你的手機是換了還是怎樣？好好，我立刻就去！」狗子接到了伸介的電話，高興得連店也不顧了。

搭著計程車，狗子一路坐到了信義計畫區內。

「媽呀！這地方打死我都不相信有人會買……」狗子依照伸介給的地址，走進了一棟金碧輝煌的豪宅中。經過了好幾個迴廊之後，狗子在一座室內游泳池旁，看見了伸介正坐在旁邊。

「狗子！」伸介站了起來迎接。

「伸介！」狗子熱情地緊緊抱住了伸介，只不過他似乎有點虛弱。

「怎麼了你？身體不舒服？」狗子說。

「對呀，喉嚨可能有點發炎……」

「喂喂！你要保重呀！你是歌神，嗓子可是重要的呢！」

「不重要啦，我帶你看看我的新房子。」伸介開心地領著狗子參觀他的大豪宅，不但有著上百坪的面積，而且每一個房間都裝潢得獨具巧思。

「你看，這間是專門給我們喝酒用的！這個是沙發床，如果喝累了，不用回家，直接打開來就能睡！」伸介說。

「對呀！這樣的話，就不用有人要送祐希回去了吧！哈哈！」狗子說。

「……」一講到祐希，伸介就無言。

「你們到底是怎麼了呀？那天慶功宴結束之後，我就找不到她了……」

伸介想起了當天的情景，只不過，祐希向他告白的事攸關她的面子，因此一時間，他也不知道該怎麼向狗子解釋。

「可能是……祐希說她其實不是女同，她說她喜歡的是男生，我說我不相信，她就不高興了吧？」

狗子面露狐疑。

「哪有這麼無聊？拜託……」狗子說。

「算了，不重要啦！你持續找她吧！如果找到她記得和我說一下……」

狗子點頭。

「你現在就爽了，又是歌神、又有錢，什麼都有！」

「這些都不重要呀！我只希望伊娃可以快樂。」

「媽的，你現在都這樣了，還不敢追她？」

「怎麼追？現在我也無法說追就追啊……」

「什麼意思？」狗子問。

「公司要我短期內不要交女朋友，最好不要和女藝人扯上新聞……」伸介無奈地說。

「蠢！那就地下戀情呀！八卦雜誌不是都報導很多地下戀情，你也可以和伊娃這樣交往呀！」

「我根本沒有她電話，就算是通告遇到，我也不好意思向她要，身邊的人太多了……」伸介一副很苦惱的樣子，畢竟他找狗子來，就是想要聊這方面的心事。

這時候，伸介隨身的手機響了。

「喂，妳是？」伸介原本愁眉苦臉的表情，一聽到對方的聲音，霎時間像是雨後放晴般，散發出陽光。

「妳是伊娃？咳……」伸介高興到講話都嗆到。

狗子則是在一旁睜大了眼睛，不停用全身的肢體比手畫腳要伸介約她。

「嗯，喔……好呀！幾點？」伸介的表情漸趨平靜。「好的，再見。」然後掛了電話。

「怎樣？失敗了喔？」狗子看著面無表情的伸介，猜想沒戲唱。

只看見伸介的鼻孔逐漸撐大，那個性幻想的表情緩緩地再次浮現。

「伊娃說想要和我聊聊關於唱片公司的事，她覺得現在的唱片公司對她不好，她想找人聊聊……」

伸介高興地跳著。

「她想找人聊聊……」邊說邊指著自己。

「她想找人聊聊……啦啦啦！」伸介不停地跳著。

狗子見狀感到噁心。

「你也太爽了吧！我就沒你這麼爽……唉……」狗子隨著伸介走到了車庫邊，伸介一邊跳，一邊不忘拿出遙控器搖起了車庫的鐵門。

這下子換狗子看傻眼了，車庫內有著雙B跑車、名跑車加起來約莫十輛。

「挑一輛，我送你！」伸介說。

狗子眼睛瞪得老大，這次換他跳起來模仿剛才伸介的樣子。

「真的嗎?真的嗎？」狗子簡直不敢相信，一直到伸介點了頭。

「挑一輛要送我？」狗子邊說邊指自己。

「挑一輛要送我！啦啦啦！」

伸介見狀大笑。

Track 32 山間的約會

陽明山上的某間戶外餐廳內，頭戴帽子的伸介臉上還戴著大墨鏡，獨自一人坐在空曠的包廂中。伸介不時看看手機、整理儀容，深怕自己有什麼地方看起來不對勁。

沒多久，戶外傳來了停車的聲音，而伊娃就在聲響過後的一分鐘內，走進了伸介所在的包廂。

「妳就這樣來？」伸介看著伊娃的打扮有點驚訝，因為她並沒有像他那樣戴帽子又戴墨鏡的。

「哈哈！我沒有你那麼紅好嗎？狗仔不會想拍我的……」伊娃說。

伸介尷尬地笑了笑。

點完了餐點之後，伸介好奇發問。

「妳怎麼會有我電話？」

「小玉呀！嘻！」伊娃像個小孩子般笑了，伸介看傻了。

「妳認識小玉呀？」

「她以前是……是……阿 Joe 的宣傳……」伊娃略帶尷尬。

「嗯，算了，那不重要。感情的事情，反正沒有誰對誰錯的……」伸介心裡其實很氣阿 Joe，只不過因為這幾個月當紅的他，已經擠掉了阿 Joe 許多代言，對於老實的伸介來說，其實心裡多少是有點過意不去的。

「聽起來，我們的歌神，似乎對感情很有一套？」伊娃很有興趣地看著伸介，讓伸介一時之間耳根子都紅了起來。

「沒……我沒什麼經驗啦……」

「不可能！伸介這麼有才華，從小到大應該就是個萬人迷才是！」伊娃笑瞇瞇地說。

「不……我沒交過女朋友……」在伊娃面前，就算要伸介把祖宗十八代的緋聞說出來，他也會照辦。

「騙人，你一定欺騙過很多少女的心……」伊娃故作嘟嘴狀。

這下子伸介急了。

「沒有啦、沒有啊！我真的沒有交過女朋友……」

「緊張什麼，我開玩笑的！伸介真可愛。」伊娃似乎覺得逗弄伸介是一件很有趣的事情。

「可是就算沒有交過女朋友，也應該有喜歡過別人吧！」伊娃問。

「其實，在小學的時候，發生過一件事情……」

「什麼？」

「我曾經在禮堂裡面對全校師生演唱，當時在禮堂門口，我看到了一個女孩子，非常、非常、非常可愛。那一天，我很認真地唱歌給全校師生聽，只不過我心裡知道，我是唱給她一個人聽的……」

伸介認真地看著伊娃，因為他心中曾經做過假設，伊娃，就是那個女孩子。如果是的話，伊娃聽完這段故事，一定會有反應。

「那女孩真幸福……」只不過，伊娃只是用她那深邃的雙眼，靜靜看著伸介，沒有其他回應。

伸介看得醉了，眼神不自覺地往伊娃的嘴唇移去，對於伸介來說，他無法判斷那是口紅，還是她的唇色天生就那麼紅潤。看得伸介心跳加速，一度語塞。

這時候，如果是有經驗的男人，也許已經輕輕握住伊娃的手，進而採取下一個動作。只不過完全沒有這方面經驗的宅男伸介，卻只是尷尬地看著她，然後任憑自己的荷爾蒙，在體內作怪。

尷尬的因子浮在空氣中數秒之後，伸介的手機忽然響了。

「喂，媽！對對，我上次留言就是想要妳搬過來呀！不用管阿土姨啦，反正她對妳那麼壞，就這樣喔！週末我回去幫妳搬行李。」

伸介不耐地掛掉了手機後，回頭對著伊娃傻笑。

「剛才，說到哪裡了？」

伊娃正要開口時，伸介聽到了戶外傳來了好幾輛車子停靠的聲音，就如同先前伊娃到來時一樣。沒多久，就聽到有人聲從門口處傳來。

「糟糕！伸介，快走！」伊娃緊張地站了起來，拉起了伸介的手。

「是什麼？妳有仇人呀？」伸介至此還完全搞不清楚狀況。

「狗仔呀！快走……」伊娃拉著伸介就往後門跑，而沒多久，三、四名拿著相機的記者過來追了上來，閃光燈在伸介兩人背後此起彼落。

「上我的車！」伊娃要伸介坐上她的車。慌亂之中，伸介也顧不得自己開來的跑車，就這樣先擱在陽明山頂上了。

伊娃一上車，發動車子後，就用很純熟的技術，一路往山下開，而背後的狗仔並沒有因此放棄，兩台車緊緊跟在了伊娃的紅色轎車後。

陽明山的下坡山路，伊娃開來輕鬆自如。

「妳技術……還真好！」伸介嚇得一手緊抓住副駕的把手，身體卻隨著離心力左晃右甩。

「你新來的……再過一陣子，你的開車技術會比我好！」伊娃目不轉睛地盯著前方說。

「是這樣嗎？哇……」

「演藝圈裡越紅的人，開車就越猛，這是不變的道理！」這時候的伊娃看起來已經不像個小公主，反而像是個幹練的女車手。

伸介心裡起了不同的感覺，他心想，竟然可以看到伊娃這麼特別的一面，而且剛才還牽到了她的手。伸介覺得這輩子，已經可以說是死而無憾……

伊娃的紅色轎車與狗仔的兩輛車前後追逐了二十分鐘左右，伊娃率先開下了陽明山，然後迅速轉進了一條巷子。狗仔的車下了山後一轉彎，並沒有看到伊娃的車，就這樣，朝著另外一個方向，駛去。

伊娃看見狗仔的車子開走後，開心地叫著。

「成功了！」

伸介則是在一旁傻笑。

Track 33
愛神

擺脫了狗仔的追蹤後，伸介提議到自己家裡坐坐，只不過伊娃認為，狗仔找不到人之後，一定會到他家堵他，於是兩人開車到了天母的某棟別墅。

別墅的前庭有著不小的花園，那感覺很像是歐洲的農場。

「這裡太美了！伊娃，這是妳家嗎？」

伊娃緩緩地將車開進了車庫內。

「算是，買了好幾年，很少來，因此沒有人知道我有個家在這邊……」

伸介隨著伊娃走進了這彷如歐式農場的別墅內，裡面的裝潢也是充滿了農村風。如果要伸介形容的話，伊娃配上這房子，就像是卡通裡面的小甜甜一樣。

伊娃倒了兩杯酒，一杯遞給了伸介。

「你喝酒吧？」伊娃問。

「喝不多……」伸介不好意思說，自己平時與狗子他們牛飲的生活，因此舉起杯子和伊娃互碰之後，伸介只敢沾沾嘴唇。

「伸介，我可以問你一個問題嗎？」

「當然！」

「你是XX國小吧？」伊娃說的校名，正是伸介的小學。伸介聞言，拿著酒杯的手一震，因為他查過伊娃的資料，他們的確與是同一間國小。

「對……」伸介回答地有點緊張。緊張的是自己幻想多年的事情，今天竟然有可能成真。如果伊娃真的是他當年看到的女孩子，那麼對於這個宅男而言，今天的約會，可真的是圓了一生的夢。

「所以，你每次唱歌都會想像自己是唱給『她』聽的，對嗎？」伊娃問。

「對……」伊娃在說這些話的時候，緩緩走近了伸介，並且坐在了他身旁的沙發上。

「包括『歌神大賽』的時候，以及和阿 Joe PK 的時候?」伊娃又喝了一口酒，似乎她也和伸介一樣緊張。

「對……不對……」伸介趕緊搖頭。

「到底是對，還是不對?」伊娃笑著。

這時候伸介拿起酒杯，一口將威士忌喝乾。

「我也想問妳是對還是不對?因為『歌神大賽』時，我是唱給另外一個女孩子聽的，但……我不確定……那女孩子是不是……那女孩子……」伸介說得有點結巴了，伸介當然是想要確認，伊娃是否就是當年那個小女孩。

像是要壓抑自己的緊張，伊娃這時候也將杯內的酒一飲而盡。

而這個動作的後果就是，伊娃的雙頰泛起了紅暈。伸介看著微醺的伊娃，自己雖然還算清醒，只不過此時此景，對他而言，實在是只有夢中才能見，伸介光是看著她的臉龐，自己都能醉了。

伊娃這時候順勢倒在了伸介的肩膀上，頭髮將她自己的臉略略遮住。

「演藝圈……很累……那些笑臉……都很假……」伊娃的話說得斷斷續續，不過伸介倒是聽得很清楚。

「每個人都很現實……而且虛偽……」伊娃說到此有點哽咽，而緊張到全身僵硬的伸介，這時候才真正感受到伊娃的疲勞，一個嬌小的弱女子，要在爾虞我詐的圈子，究竟是要靠什麼方法才可以生存……

伸介一想到此，對於伊娃的憐惜大過了自己的緊張，於是他伸出了手，撫摸著她的頭髮，輕輕、柔柔的，撫摸著。

伊娃的身子也在伸介的動作之後，慢慢更靠近了伸介。她的雙手，像是要找個依靠似地，環抱住了伸介。

「果然……伸介……就是小學時候禮堂裡的……」伊娃的這句話，像是導火線般，點燃了兩人的情慾。

一旦認定了伊娃就是自己小時候的夢中情人，伸介這時候的慾望，大過了任何時候他自己所能控制的。而伊娃也相當配合地貼緊了伸介的身體，那對粉嫩的小嘴唇，也在語畢後湊上了他的嘴。

從來沒有接過吻的伸介，被伊娃的舌頭嚇到，只不過，在她溫柔的引導後，他竟然也像是情場老手般，回應著她的吻，畢竟這是種本能。

伊娃主動脫掉了伸介的衣服，溫柔地、嬌羞地親吻著他的身體。而情慾高漲的伸介，卻也沒有忘記他翻譯「日本文學」所得來的心得，利用自己的舌尖以及手指，反覆來回的取悅著她。

沒多久之後，兩人的忍耐都已經突破了臨界點，脫掉了所有的遮蔽物，以沙發為床，伸介做了他有生以來的第一次。

激情後，伸介摸著伊娃的背，滑潤得讓伸介愛不釋手，他做夢都沒想過，這世界上，會有這樣美麗的女人，會有如此動人的生物，而現在，正躺在他的身邊，嬌喘著回味著剛才與他之間的愛戀。

「伊娃，妳喜歡……我……什麼？」伸介問。

「全部。」

「不是這種籠統的，總有最吸引妳的……」

「才能吧！伸介唱歌的時候，好像有神降臨到世間。」伊娃說。

「沒這麼誇張吧！」

「是真的，我在演藝圈這幾年來，看過很多歌手，但是從來沒有人，可以像你一樣，一開口就像有種力量，包圍住全場。」

伸介依舊用手指頭玩弄著伊娃的背。

「如果，哪一天我不能唱歌了？」

「就算你不能唱歌，我還是喜歡你！」

「為什麼？」

「因為我們之間，已經有愛神了。」伊娃自己說完都笑了，那笑容讓伸介的心都快要融化。

伸介聽完之後一把抱住伊娃，兩人就這麼擁抱著，讓嘴與嘴之間的距離化為零。他相信，在這個時候，歌神與愛神，是並存的……

Track 34 星光大道

開車前往宜蘭的路上，伸介撥了電話給狗子。

「喂，伸介呀！很屌喔！床底下的人變成床鋪上的人了唷！」狗子大叫。

「你聽誰說呀！咳……」伸介說。

「你感冒沒好呀？水果報呀！唉唷，你戴墨鏡的照片被拍到了呀！跑得真狼狽……」狗子幸災樂禍地說著。

「好啦！那不重要，有找到祐希嗎？」

「沒，我也很忙啦，她不想出現，我也沒時間一直找她啦……」

掛完電話後，伸介的心裡總是有點疙瘩。現在的他，有了名聲、有了金錢、有了女人，幾乎可以說是這個領域內的第一人了，但是他卻還是希望，原來他擁有的人事物，都可以不要改變。

不知怎麼地，他好希望，將現在的一切和祐希分享。

一路開到了阿土姨的家，伸介下了車、按了電鈴。出來開門的人不是別人，正是伸介的姨媽，阿土姨。

「伸介呀！有什麼事嗎？」阿土姨的臉色幾乎是沒有表情的，相較於其他路人看到伸介的驚呼，簡直天壤之別。

「我媽要搬家，我來幫忙。」伸介話說到一半，阿水姨跑了出來。

「介仔，你說什麼啦？我就和你說過我不要搬去台北呀……這邊住得很好……」

「媽，不要騙人了啦！不需要和這種親戚一起住，又要幫她打掃又要付她錢。現在我成功了，不需要再忍氣吞聲了！」

阿土姨依舊面無表情的站在一旁。

「介仔，你不要亂講話……她是你阿姨，不可以這樣！」阿水姨有點急了。而這時的伸介，也不高興了起來。

「妳不想搬來台北就是了？」伸介說。

阿水姨點著頭。

「我的朋友都在這邊呀……我去台北幹嘛？」

「好，那我每個月多匯點錢給妳。阿土姨……做人要厚道點。」伸介說完話後頭也不回的上了車，阿土姨依舊面無表情，關上門，走進了屋內。

伸介開著車，一方面心疼耿直的母親，一方面卻又對今天晚上的晚會感到緊張，因為今天晚上正是華人音樂圈最大的盛事——金樂獎的頒獎典禮。

開回台北後，伸介先回到家中，而化妝師與造型師等一大票人，早就已經等在那邊。進行了將近三個小時的梳化之後，伸介坐上了禮車，來到了會場，走上星光大道。

而等在星光大道兩旁的，是數也數不清的歌迷。

「伸介……」

「歌神……」

「高伸介……我愛你……」伸介出場的時候，歡呼聲大到有如爆炸現場一般，所有人都嚇了一跳。

一旁的藝人紛紛走閃，深怕與伸介一同出現，只因為伸介光芒太盛，就怕在他身邊，會黯然無光。

進了會場後，伸介的位子被安排在最佳男歌手入圍者的區塊，很巧的是身邊都是認識的人——阿 Joe 以及歌神大賽中落敗的 Blues。

晚會在主持人的妙語如珠中，順暢進行著。只不過這一年主持人的話題，幾乎都是圍繞在歌神高伸介的身上，包括從一個日商公司職場的小職員，如何變成歌神，或是偶而攝影機會帶到伊娃的表情，讓他們兩人的緋聞，替整個晚會增加了更多可看性。

終於，節目進行到了最後「最佳男歌手」的獎項，一旁的阿 Joe 看起來得失心很重，但 Blues 則是完全置身事外了。

「看來，老前輩 Blues 老神在在，一點都不會受現場氣氛的影響！」主持人調侃著說。

「因為今年誰最夯大家都知道，現在只是個過程罷了……」Blues 的話語當中則是透露出酸味。

頒獎的嘉賓唸完了入圍名單之後，全場焦點都集中在這幾位歌手身上，而黑人頭的伸介，還是一臉怡然。

「得獎人是歌神……在場有幾個歌神？」頒獎人再度提高了分貝。

「最新一代的歌神——高、伸、介！」頒獎人嘶吼著。

這時全場的氣氛沸騰到了頂點，歌迷們更是聲嘶力竭叫著伸介的名字。伸介一副理所當然的表情走上了舞台，對他來說，這些東西都不太重要，因為他進入演藝圈最重要的目的已經達成——他已經獲得了伊娃的心。

「我們請得獎人發表感言……」主持人說。

伸介站定位後，先找了一下伊娃的位置，對她笑了一笑。

「我想能得獎固然高興，但……其實這不是我最在意的事情。可以進入演藝圈，可以將唱歌這件事情，當作是我的職業，我已經非常心滿意足了。只不過，當時迫使我進入演藝圈的原因或是說願望，我現在已經達成，因此我很高興。總之，謝謝大家。」伸介不停地往伊娃的位子看，而鏡頭也時而捕捉伊娃的表情。

「聽說，最近還有個好消息要和大家宣佈，是嗎？」主持人問。

「是的，我曾經說過，只要我獲得這項榮譽，就會開一場免費的個人演唱會，時間就在下個禮拜。到時候，歡迎各位媒體朋友以及歌迷們到場來觀賞歌神高伸介的最佳演出，我的，第一場，個人演唱會。」

伸介也許從來沒有意識到，這是他第一次自己說出自己是歌神高伸介。

而今天，也可以說是歌神傳奇到達最巔峰的一晚，全場的觀眾對於伸介得到這份榮譽報以最熱烈的掌聲，而歌迷朋友們更迫不及待想要參加，一個禮拜之後的演唱會，想親眼見證所謂的歌神最佳演出，是怎樣的表演。

只不過，高伸介在這時候也沒想像到，當天，會發生什麼樣的狀況。

Track 35
不平靜的心

伸介信義計畫區的家中。還半裸躺在床上的伸介，以及從浴室中走出來圍著浴袍的伊娃，可以想見兩人剛經過一番纏綿。

伸介一人坐在床上，似乎想事情想得出神了。

「怎麼了？」圍著浴袍的伊娃走到床邊，摸著伸介的臉說。

「嗯……沒事……咳……」

「你的咳嗽好像有一陣子了，要不要去看個醫生？」伊娃關心地說。

「沒事……只是這幾個月，好像我的生活圈變化太大，太快了……」

「如果是變好，那有什麼關係呢？」伊娃摸著伸介的頭髮，而伸介這時站了起來。

「看起來像是好的，但是又好像有很多事情，沒有頭緒……看起來好像擁有了……但實際上好像失去了……」伸介有點沒頭緒地喃喃自語著。

「你沒事吧？」這下子伊娃也擔心了起來。

「我想出去走走……」

「我陪你去吧……」伊娃連忙要去換衣服，卻被伸介制止了。

「不用了……我想一個人走走……」伸介走到更衣室換上了衣服。

「過幾天要開演唱會了，你自己要小心點……」伊娃的眼神滿是憂心。

「嗯，妳待在我這裡吧！省得又被拍到，反正電視、電腦什麼的，妳自己用吧！」伸介已經拿了車鑰匙準備出門。

「嗯，早點回來……」伊娃說。

伸介一上了車，便將時速飆到破百，他不知道這種心裡頭悶悶的感覺從哪邊產生，但是他就是覺得，這一切來得不夠實際。

是因為母親不願意和他住，所以讓他感到遺憾？還是因為祐希的失蹤，讓他感到空虛？而如果這兩件事情，才是他真正在意的問題，那麼他現在所擁有的一切，又算是什麼？

一路往南開的伸介，不知不覺中竟然來到了狗子的餐廳。而狗子正在收拾，看起來正要打烊。

「唷，伸介，怎麼有空過來？」狗子依舊熱情。

「咳……想你呀！」伸介笑著說。

「想你媽啦！想喝酒就說呀！」狗子大叫，隨後便吩咐廚房炒了幾盤小菜，和之前沒兩樣，兩個大男人很快就進入了狀況——滿桌子杯盤狼藉的狀況。

「你都變成歌神了，還在這邊唉什麼痛？不就趕快去練歌……」

「練什麼練啦……你從小到大有看過我練過歌嗎？」

「那……你現在都有女明星女友了，還在這邊找我哈啦什麼？」

「女人……是我最看重的嗎？你也太看不起我了吧……」

「不然勒？不然你不要伊娃呀……」

「不行……」伸介一提到伊娃，鼻孔還是撐大，心情還是大好。

「啊不然你在那邊吵什麼吵……回去搞她啦……」

「廢話太多，喝酒……」伸介舉起杯，兩人又乾了一杯。

「祐希……有找到嗎？」伸介收起笑容說。

「媽的勒，你當我是偵探社喔！三天兩頭就來問我有沒有找到祐希，我都不用工作喔？」狗子大聲了起來。

「你時間比較充裕啦！對不對……」

「充你媽啦！以前是你沒錢，我才想辦法空出時間陪你打牌，不然你以為我都不用上班喔……」

伸介聽完後不太說話，顯然情緒有點受到影響，雖然狗子講話的口氣從八百年前開始就是這副德性，但是畢竟這幾個月以來，敢用這樣的口氣和他說話的人，在伸介身邊卻是一個都找不到。

「我都送你一輛車了……幫我找個人會死喔……不然你再到我家，再挑一輛呀！」

伸介的話一說完，狗子火了。

「幹！你現在說這什麼話，那車子不是我向你要的，是你自己要送我的喔！你當我是什麼人……」狗子站了起來。

伸介抬頭幽幽地看著狗子，一臉無奈。

「你們都一樣……想要好處就坦白點呀！阿土姨、你呀、小玉呀，搞不好包括祐希現在都不知道在哪裡，用著認識我的這層關係，在招搖撞騙勒……」伸介話沒說完，臉上忽然一陣涼意。

狗子將整杯啤酒，潑在了伸介臉上。

「你現在是希望我扁你是嗎？對，你送我車我很爽，只不過你要扯到祐希，我就和你翻臉！」狗子的眼神，像要噴出火一般地看著伸介。

伸介依舊慢條斯里，看看身後、看看狗子，然後緩緩站了起來。

「結帳！」伸介大聲吆喝著，不過基本上，人都已經走光了。伸介看沒有人回應，從皮包中拿出了十幾張千元大鈔，放在了桌上。

「咳、咳……這樣應該夠吧？」伸介丟完錢之後，打算離開，狗子抓起伸介放在桌上的錢，往伸介的方向丟去，只不過紙鈔很快地就散落在空中，一張張飄落到地上。

「你他媽的高伸介……你怎麼會是這樣的人……幹！」狗子氣得猛踹桌子，只不過伸介晃悠晃悠地走出了餐廳，完全充耳不聞。

正在伸介家中用著電腦的伊娃，忽然被外面強烈的撞擊聲音嚇到，她緊張地飛奔而出，因為她知道私人停車場中只有伸介會開車進來。

只見伸介的跑車把車庫撞得稀巴爛，而他則是抱著方向盤，躺在了駕駛座上。

「伸介、伸介、伸介！你沒事吧？」伊娃大聲地喊著，而伸介總算是有了點回應。

「伊娃……我好愛妳喔……」看起來很幸運地是伸介的意識還很清楚。

「你不要嚇我啦！你如果出了什麼事情……要我怎麼辦？」伊娃說著說著，眼淚不自覺得流下，這下讓伸介整個人醒了過來。

「別哭！我沒事……沒事……」趕緊下了車的伸介，緊緊地抱住了伊娃。

他在心中告訴自己，不管阿水姨或是祐希的事情如何，他都不應該忽略掉眼前這個最重要的人。

一個會陪他走到最後的女人……

Track 36

最佳演出

幾天之後，歌神高伸介的最佳演出「個人演唱會」，即將在這晚的台北小巨蛋，隆重登場。

前幾天酒駕的影響，使得伸介的頭稍微痛了幾天，雖然因此影響到了部份彩排的進度，只不過，對於歌神而言，實在不是件難度太高的事情。

休息室內，造型師們一群人圍在了伸介身邊，而伊娃也來到後台幫伸介打氣。

「伸介，加油，我到觀眾席上了喔！」伊娃的聲音，無論何時聽起來都讓伸介充滿了力量。

「嗯……咳……咳……」伸介似乎被口水嗆到，忽然咳嗽了起來。

「沒事吧！你這幾天一直都是這個狀況……」伊娃一臉擔心。

「傻瓜，我是歌神高伸介，不用擔心……咳……」伸介強壓住喉頭的難受，他自己也不清楚到底是怎麼了，因為之前的感冒已經痊癒，可能只是後遺症吧。

伊娃握住伸介的手緩緩鬆開，休息室內連星河唱片的大家長瑞奇先生也來了。

「歌神，一切無恙吧？」瑞奇先生的小鬍子依舊俏皮。

「沒事！今天晚上，等我創下傳奇。我會製造出史上最高的分貝給台北……」伸介微笑著說。

「好呀！有你這句話，一切妥當了。」瑞奇先生拍完伸介的肩膀之後，便和幾名工作人員一路離開了休息室。

「伸介，準備上場了。」舞台工作人員出現告知，伸介拍了拍自己的臉，穿起了正式服裝，英姿煥發地往後台走去。

後台通往舞台的一路上，兩旁的工作人員們都幫伸介打著氣，伸出手和他擊著掌。

「伸介，加油……加油……」伸介最喜歡演唱會過程中的這一段，他感到很溫馨。伸介就定位之後，舞台總監透過無線耳機喊著：「準備了，倒數五、四、三……」過了兩秒鐘後，伸介所處的後台機器，冉冉上升，沒多久，他便從舞台下方無預警地冒出頭，燈光打在了他的身上，全場歡呼聲不斷。

伸介站立著不動，這樣的出場就足以讓觀眾們 High 翻天。然而伸介微微地一個小動作，又引發歌迷們再一波的尖叫。就這樣，隨著伸介的動作越來越快，原本間斷的音樂也開始連接了起來，而迅速的節拍開啟了全場的燈光，伸介第一首開場的舞曲，終於點燃。

舞台上，伸介並沒有跳很大的舞步，只不過，他敏銳的耳朵似乎察覺了什麼奇怪的事情，是以前演唱時從未發生的。

伸介發現可能是舞曲的聲音太大，合音的音量也過大，使得他自己有點聽不太到自己的聲音。他心裡想，等等要讓舞台總監知道，他的麥克風聲音太小。

終於前面連續三首舞曲開場結束後，回到了伸介最擅長的抒情歌，藉著歌曲中間串聯的空檔，藉著麥克風，對舞台總監提醒了下。

「今天很高興看到各位來到了現場，雖然我的麥克風有點問題……」伸介看了一下後台，舞台總監注意到後，連忙聯繫音響人員。

「不過還是希望……嗶……」伸介的話說到一半，忽然麥克風發出刺耳的怪聲音，這實在不是專業演唱會該出現的情況。

伸介一手摀住了耳朵，然後看向舞台總監，總監則是向他比了OK的手勢，看起來，麥克風的音量沒問題，只是伸介就不懂，自己剛才唱快歌時，那種奇怪的感覺是怎麼產生的。

不容伸介多想，背後的伴奏已經響起，是他專輯裡面的主打抒情歌，也是自己最拿手的。

「我不是愛情工程師，不懂愛情的程式……因此常常錯失……最佳的解決方式……」這首歌一開頭就起音很高，這也是伸介喜歡的原因。只不過，唱到了第四句，伸介再度發現麥克風沒有聲音了，他著急地看向舞台後台，示意麥克風沒聲音，他聽不見，只不過當他拍打麥克風時，卻發出了很大的聲響。

「麥克風沒聲音……」伸介透過麥克風講著這句話時，終於發現，不是麥克風的問題，而是伸介的嗓子，發不出聲音……

伴奏的音樂繼續著，然而伸介呆若木雞般地站立在舞台上，他試著開口說話，卻完全發不出聲音，他嚇傻了……這時觀眾也發現了，漸漸地鼓譟了起來，後台的工作人員個個都慌了。

「把舞台燈暗，音樂全關！」瑞奇先生在後台緊張地大叫，然後派工作人員到台上將伸介給帶了下來，到了後台之後，確定伸介完全發不出聲音後，瑞奇先生做了緊急措施。

「演唱會暫停！」

於是一場最佳演出的「歌神個人演唱會」，如鬧劇般落幕。

伸介在伊娃的陪同下，回到了家中。原先以為只是暫時性的失聲，但是事實證明，他完全說不出話了。

這時伸介立刻上網，發現網頁首頁的即時新聞，正用最大篇幅報導著這則消息。

「歌神高伸介失聲！」

「歌神高伸介舞台上失去了聲音！」

「諷刺的歌神！『最差的演唱會』！」

看著這些報導，伸介整個人的心情掉到了谷底。一旁的伊娃見狀，趕緊將電腦關掉，一邊安慰著。

「沒事，不要看了，有我陪在你身邊……」

伸介看著伊娃，慶幸著自己還有這麼一個紅粉知己，他在心中也不斷後悔著，不應該在演唱會前夕喝酒又酒駕。他決定，以後只要是演唱會前的一個月，他滴酒不沾。

只不過，高伸介並沒有想到，他的歌唱生涯，已經沒有以後了……

Track 37

記者會的真相

伸介在接下來的幾天裡，幾乎都不敢出門。

他不敢承受媒體會將這次的失敗寫成了什麼樣子，他只能等待自己的聲音恢復。而這段期間內，小玉也帶他探訪了台北最有名的醫生，檢查喉嚨到底是出了什麼問題。

「醫生，我的聲帶怎麼了嗎？」經過幾天的休息後，伸介已經可以說話了，只不過聲音聽起來充滿了雜質，不但不像以前般淨亮，也完全無法唱高音。

「檢查過後才能知道。」

在做完了精密的檢查之後，醫生要伸介先回家休息，隔天才能知道結果。

只不過，一回到家的伸介，無論是打開電視或是報章雜誌，全都在報導自己的這件事情，讓他感到非常煩躁。

「喂，伊娃……妳能過來嗎？」伸介當下只想找到一個依靠，於是他打了電話給伊娃。

「喂喂，不行唷……我在上通告，這幾天要拍廣告，等我時間允許，我就會過去找你，好嗎？」伊娃將聲音壓得很低，可以想像是在工作現場。

「嗯……」聽完伊娃的聲音，讓伸介稍感安慰，只不過，要如何渡過這幾天的時間，卻讓他很頭痛。

拿起電話想要打給狗子，才想起演唱會前，和狗子翻臉的不愉快；想要回宜蘭看看母親，卻又害怕出門會遇到人。

煩惱的伸介，自己一個人在家中失眠。一直到了清晨才入睡的伸介，又再度夢到了小學時候禮堂的嘔吐場景……

重複著被夢境驚醒的伸介，看著顯示上午十點半的鬧鐘後，趕緊撥了通電話給小玉。

「喂，小玉……妳問過醫生了嗎？」伸介很急。

「沒事，醫生說你只是聲帶發炎，休息兩天就沒事了。伸介哥，別想太多，你就在家裡安心養病吧！」電話那頭的小玉聽起來一派輕鬆，似乎伸介的喉嚨，真的沒有大礙。

「那就好、那就好……」

心情一放鬆的伸介，因為昨夜一晚沒睡，這下子壓力盡釋，一個人躺在沙發上，電視也沒關，就睡著了。

一路睡到了晚上，日夜顛倒的伸介，被沒關的電視機裡的聲音吵醒。

「記者現在所在地是凱悅飯店，星河唱片針對日前歌神高伸介在演唱會上失聲一事，召開緊急記者會。總經理瑞奇先生，將在此公開說明……」伸介一聽到是關於自己的事情，揉著眼睛帶起眼鏡看著電視。

只見瑞奇先生坐在台前，台下一大堆娛樂線的記者，正包圍著他。

「請問，高伸介的喉嚨沒事吧？」

「關於演唱會，還會繼續開下去嗎？」

「高伸介現在人在哪裡呢？」

瑞奇先生清了清喉嚨，示意在場的記者們安靜，而伸介很平靜地看著電視機內的瑞奇，因為他看到了瑞奇身邊跟著小玉，想當然爾，她已經將自己喉嚨沒事的訊息，告訴了瑞奇先生。

「各位媒體朋友們，很謝謝大家到場。關於演唱會一事，星河唱片在此要先向各位歌迷致歉，為了彌補歌迷，我們將會由上一屆人氣歌神阿Joe，於同個場地補辦一場演唱會。日前有領到免費入場門票的歌迷們，可持原票根入場。」

伸介深吸了一口氣，心裡想，也好，若要自己下禮拜就唱，他也辦不到。

「那麼關於高伸介的狀況呢？」

「高伸介還好嗎？」

瑞奇先生緊緊握住了麥克風，很慎重地，說出以下的話。

「自從高伸介先生加入本公司之後，我們一直都非常仰賴他，也非常慶幸，我們擁有這麼一個超級巨星。只不過，在此我們很難過地宣佈以下這件事情，就是高伸介先生已經在今天早上，決定與星河唱片公司解約。」

電視機前面的伸介傻了，而記者會現場的鎂光燈則閃個不停。

「為什麼？為什麼？」

「高伸介他怎麼了嗎？」記者們追問。

「我們已經向醫師確認過了，高伸介的聲帶已經徹底毀壞。以後的音域會比一般人還窄，聲音也不會再像從前那麼漂亮……星河唱片公司雖然願意花時間等待高伸介先生治療，只不過，不能唱歌的高伸介先生，似乎決定要回日商公司上班，而婉拒了我們的好意……」

伸介的眼睛瞪得老大，嘴唇，微微地，顫抖著。

「請問，是高伸介先生自己提出的嗎？」記者又追問，不過這時候瑞奇先生看起來，已經打算離席了。

「高伸介手上還有許多廣告約，因為他的形象受損，我們必須中止這些合約，這已經使得我們公司遭受很多損失。況且，高伸介他本人還有道德上的瑕疵，我們雖然痛心，也不得不接受他的決定。」

「請問是什麼樣的瑕疵？」

記者一路追問，但是這時候瑞奇先生已經連忙離開，閉口不再提。

然而電視機前的伸介，已經全身無力地躺在他的沙發，驚訝到說不出話來了。

「不是休息幾天就好了嗎？」伸介心裡越想越不對勁，拿起電話便打給了小玉，無奈卻都是直接轉語音信箱。

伸介氣急敗壞地撥了電話給瑞奇先生，無奈依舊是語音信箱，這時候伸介打給伊娃，可能也是在工作中，因此依舊是語音信箱。

伸介不解地思考著，到底是哪裡出了問題？只不過是喉嚨出了狀況，休息幾天就沒事了不是嗎？而小玉跟瑞奇先生說的話又是怎麼回事？他明明就沒有說過要和唱片公司解除合約這樣的事情啊！

伸介抱著頭，獨自一人倒在沙發上。

Track 38

電話的那頭

消沉了整晚的伸介，決定前往唱片公司問個清楚。

在公司的會議室等了將近三個小時之後，瑞奇先生終於有時間與伸介見面。

「高伸介先生，有什麼事嗎？」瑞奇先生輕描淡寫地說。

「這是你的態度？我的喉嚨沒事，我還可以唱！」伸介說。

「伸介，小玉是騙你的，是為了讓你的情緒可以安定，讓我們後續的事情可以繼續。否則你可以自己去問醫生，看看你的喉嚨真的還有救嗎？」瑞奇先生邊說邊笑著，這時他的小鬍子看起來多麼令人厭惡。

對於喉嚨的狀況伸介雖然也預想過，但還是很難接受這個事實。

「好……原來如此，那麼解約後廣告合約那些費用呢？」伸介說。

「講到錢就傷感情了……只不過，你之前買的房子、車子那些，都還沒繳清吧？照我幫你算起來，可能需要趕緊脫手賣掉喔！不過就算全數脫手也可能不夠支付賠給廣告商的費用就是了……」

「你們……會不會太現實了！」伸介氣得臉有點紅了。

「你有幫公司賺到錢，只不過現在是你自己捅的婁子，公司可不會幫你擦屁股，我們還是趕緊分道揚鑣，會比較好些。」

「你該不會還要向媒體爆什麼料吧？什麼是我有道德上的瑕疵？」

「這個嘛……這就不是出於我本意了。畢竟你身邊的人因你的病況棄你不顧，那可是會被媒體寫得不堪入目，但用道德瑕疵就可以處理得很完美呢！」

伸介用那雙沒睡飽且佈滿了血絲的雙眼，緊盯著瑞奇。

「你到底在胡說些什麼？」

很湊巧地，瑞奇桌上的電話響起。

「喂，是妳呀！」瑞奇接起了電話後，神情帶著點古怪，眼神飄向了伸介一下，然後似乎決定了什麼，伸出手指按「免持」按鍵。這樣一來，瑞奇先生和通話者的聲音，伸介都可以聽得一清二楚。

「警察已經過去了喔！你們什麼時候要開記者會？」話筒那頭傳來的是女性的聲音，聽起來是那麼熟悉，伸介實在難以置信。

「這麼快？他們去了也沒用呀，高伸介又不在家。」瑞奇說。

「沒關係，我留了鑰匙。」對方女子說。

高伸介臉上的表情就像是看到了鬼般難看，整個眼睛鼻子嘴巴，臉上五官的排列組合根本不像人類的神情。

「妳唷……真的很狠耶！前一陣子不是還和我說和他一起還不錯嗎？」

「有嗎？我不記得了。哈哈，我倒是還記得我和乾爹你的那一段……等到他的事情結束後，我又有空窗期了唷！」

伸介雙手抱住了臉，他簡直不敢相信自己的耳朵所聽到的事。

「不過說真的，在我之後妳挑了兩個曝光度最高的歌神，這兩年妳的知名度可真的提升很多！」瑞奇說。

「是沒錯，只不過都是短命歌神。好啦，不多說了，你們晚一點準備開記者會吧！掰。」

伸介抱住了頭，依舊不敢相信這名與瑞奇通話的女人是誰。掛完電話後的瑞奇站了起來，從上往下看著伸介。

「這樣你了解了嗎？這就是伊娃！這就是演藝圈！這就是現實！」瑞奇邊說臉色一沉。

「我是看在你好歹這幾個月來也幫我賺了不少錢，不想讓你死得不清不楚，警察晚一點會到你家，搜出你的電腦裡面下載的成千上萬首 MP3 以及影片檔……」

伸介依舊無法動彈，在他的腦子裡、剪貼簿裡的伊娃、與他約會的伊娃、在他家纏綿的伊娃，以及電話那端的伊娃，究竟何者為真……

瑞奇看著雙手抱頭窩在沙發上發抖的伸介，開始不耐煩。

「你再不走，我叫警衛趕你出去了！」瑞奇作勢要打電話叫警衛，伸介終究是緩緩站了起來，滿臉淚水的走出了瑞奇的辦公室。

公司裡的人個個都專心工作著，沒有人多注意伸介一眼。因為在他們眼中，這個商品已經過期，他們必須專心面對下一項新商品上市前的所有細節。

在經過小玉的座位旁時，伸介看到了那塊她曾經興奮要他簽名的手寫板，已經被她用來當作墊在桌腳下維持平衡的雜物。

伸介走出了唱片公司，台北市的大太陽煦煦地灑在他的身上，他感受不到溫暖，心中只有一陣陣寒意。

漫無目的地走在東區的街道上，路上已有許多人認出他來，只不過滿臉淚痕的伸介，配上昨天晚上的新聞，讓人不敢接近。

也不知道走了多久，看到了房地產廣告，看板上正是笑得有如天使般的伊娃，伸介不禁想起了當時的對話。

「如果，哪一天我不能唱歌了？」

「就算你不能唱歌，我還是喜歡你！」

「為什麼？」

「因為我們之間，已經有愛神了！」

伸介一邊苦笑，一邊不停流著眼淚，他從不曾擔心過的事情，發生了。而店家的櫥窗電視中播報的即時新聞，讓他停下了腳步。

「警方稍早時候在歌神高伸介的家中，查獲了非法下載的千萬餘首歌曲以及影片檔，高伸介最近可說是禍不單行。曾經被稱為歌神的他，竟然枉顧著作權，有如警務人員知法犯法一般，讓愛護他的歌迷們，非常難以接受……」

「本台獨家訪問到緋聞女友——女星伊娃。」伸介張大了眼睛，聽著。

「從頭到尾……我們都……不算在一起……我……」伊娃說著說著摀住了自己的嘴巴，就像是受到了委屈般啜泣著。

「可憐耶……但她應該是很愛高伸介啦，可是他自己搞砸了……伊娃真的很可憐……」一旁的路人看著報導，議論紛紛著。

伸介則是自己一個人握著拳，仰天大笑著……不停地……笑著………

Track 39

親朋，好友

對伸介來說，過去的兩週幾乎是狂風驟雨。

與唱片公司解約、與廣告廠商解約，加上唱片公司將廠商損失的賠償金額，這些全數由伸介的酬勞中扣除，其總金額就算將現有的不動產以及財物變賣，都還不足以支付。

經過與銀行協商之後，伸介利用貸款償還了大部分金額，雖然說之後每個月要償還三萬多元，但是有一筆三十萬的賠償金卻必須要在三天內提交，否則可能會有法律上的刑罰。

不幸中的大幸是，下載音樂雖然違反著作權法第九十一條，但是因為屬於告訴乃論罪，因此唱片公司並沒有想在這時候落井下石。只不過，這件事也翻轉了大眾對他原本的好印象，而這也正好讓伊娃利用他的道德瑕疵，順利甩鍋兩人的感情，還免於譴責。

無路可走的伸介，戴著鴨舌帽，將帽沿壓得低低的，搭公車回到了宜蘭。這天母親上班的餐廳休假，因此伸介不得不到阿土姨的家。

「誰呀？」按完電鈴後，從門的彼端傳來的是阿土姨低沉的聲音。

「伸介呀……」打開門後，阿土姨臉上的表情，依舊沒什麼變化。「要進來嗎？」

面對阿土姨的詢問，伸介搖頭。

「等等，阿水，介仔來了！」阿土姨呼喚母親的聲音，依舊聽不出任何感情。沒多久，母親就從屋內跑出來了。

「介仔！怎麼有空？不用表演喔？」很顯然，母親平日對於娛樂新聞是完全不在意。

聽到母親的問話，伸介很是尷尬，他既不好意思叫阿土姨離開，又無法在她面前說出自己最近的遭遇。

「欸……媽，我最近比較沒有通告啦！那個……媽，妳手頭上有錢嗎？我最近想要自己出資做專輯，需要一點錢……」伸介心虛地說著，還不時斜眼看向阿土姨。而阿土姨也像是覺得這不關自己的事一樣，幽魂般地飄進了屋內。

「自己掏錢做喔？那是要多少錢？」阿水姨問。

「大概……三十萬……左右……」

「三十……喔……有點多……我要去標個會，啊……介仔，這錢是什麼時候要用呀？」阿水姨擔心著伸介，表情有點緊張。

「喔……不急啦！媽，不用標會啦！我有別的辦法，沒關係。」伸介一方面安慰著母親，但心裡卻也著急著自己這兩天不借到這筆錢的話，後果會很麻煩。

忽然，伸介的眼前出現了一個牛皮紙袋，抬頭一看，才發現是阿土姨。

「阿姐，這是要做啥？」阿水姨不解地問。

「拿去用呀！新聞都報得那麼大了，妳這個做母親的都沒在注意！」阿土姨依舊面無表情。

伸介打開了牛皮紙袋，發現裡面是一疊疊的千元大鈔，估計大約二、三十萬。

「這……阿土姨……」伸介五味雜陳地看著阿土姨。

「有困難回來找自己人，有話要直說！每個月我都跟你媽收三千元存起來，你媽的個性容易亂花錢，我幫她存了好多年了，現在剛好給你拿去用。」阿土姨還是輕描淡寫。

然而這份溫暖，卻讓伸介眼眶都紅了，一直以來的自以為是，在這一刻才恍然大悟。

「謝謝，阿土姨……謝謝……」伸介幾乎慚愧得抬不起頭。

「謝我幹嘛？那是你媽的錢。」話一說完，阿土姨立刻又走進了屋內。而伸介終於了解，自己對這世間的人事物，都只看到了表面。

「介仔，你自己在台北要照顧好自己唷！賺錢不重要，身體才要緊。」手緊握著牛皮紙袋的伸介，眼淚不爭氣地流著，不願意讓母親擔心的他，趕緊轉過頭去想要儘速離開。

「媽我沒事啦！這筆錢……我會還妳……我先走了！」也不等母親回答，伸介已經小跑步離開了。

從那之後，高伸介再度回到了破舊的小房間，很幸運地之前的翻譯社還願意發案子給他做。伸介的生活一如往常，只不過，他發現他的身邊什麼都沒有了。

伸介不敢回去日商公司，也不敢出去找工作，只能每天躲在房間裡翻譯日文書籍。

伊娃在這段時間內沒有一通電話，倒是日商公司的河內先生，撥了好幾次電話，只不過，伸介都沒有接。

就這樣又過了一個月後的某一天早上，伸介被電鈴吵醒。前一天晚上才翻譯到半夜的伸介，眼睛幾乎睜不開。

「誰呀？」伸介揉著眼睛開門，站在門外的是個戴著棒球帽、蓄著山羊鬍的男人，伸介看他有點眼熟。

「你是？」伸介回想著。

「H。」男人說。

「啊啊……祐希的朋友！」伸介這才想起來。「請問有什麼事嗎？」

H還來不及回答，背後已經傳來了叫罵聲。

「有什麼事？打牌呀！」隨著聲音出現的是名頂著平頭、腳踩人字拖的男子。

那是狗子。

「我還帶了個我們餐廳經理來，總共四個人，夠了，趕快開打吧！」狗子身邊果然還有名男子。

「狗子你……」伸介的眼眶又紅了，不知怎麼地，在失聲的事件之後，自己的淚腺特別發達。

「別廢話啦！我找不到祐希，所以幫你找別的牌搭。先說好，我可不會過水，要贏錢還是要靠你自己的實力！了改？」狗子已經迫不及待地進了屋，搬出了麻將桌，而床底下的麻將以及牌尺依然在原位。

狗子拉出麻將的時候，也同時摸出了那一本剪貼簿——那本充滿了伊娃的剪貼簿。

「你還留著這本呀？」狗子說。

伸介抿了抿嘴，從狗子手上接過了剪貼簿後，丟進了垃圾桶。

「不留了！」伸介笑著。

「少假裝了啦！還不是等我們走了之後，又把它撿回來……」狗子一把將麻將散落在桌上。

伸介笑了笑說：「少廢話，開打吧！」

Track 40

最後的鬥歌

場景是伸介的國小禮堂。

頂著黑人頭的高伸介，在他捲髮下的臉卻是現在二十八歲的五官。

而瞬間，不知道從哪裡出現的背景音樂響遍了周圍，伸介很本能地拿起麥克風，唱起了當年相當流行的歌曲。而台下也突然閃起整片鎂光燈，星光熠熠。

沒記錯的話，那是小蟲譜寫，周華健所演唱的〈我是真的付出我的愛〉。伸介娓娓吟唱著前面的主歌，就像是說著情話給愛人聽一般，美妙悅耳。

伸介的聲音在副歌處，響透了整個禮堂。但可怕的是，遠處走來了一位打扮得有如小公主的女孩，他怎麼樣都看不清楚她的臉。

伸介一邊唱著歌，一邊揮手要女孩過來。

隨著女孩距離越近，越看得清女孩的臉。而他，認得。

那是伊娃的臉。

確定是伊娃之後，伸介發現自己發不出聲音來了，對著麥克風不管怎麼叫喊，都發不出聲音。他著急了，甚至開始作嘔，全身痙攣般地抖動著。伸介感到渾身的骨骼都在咯咯作響，痛苦的電流跑遍了他全身，而伊娃卻站在他眼前，笑著。

於是，伸介醒了。

看了一下鬧鐘，時間顯示晚上十點半。他才想起來，今天白天打完麻將後，實在是太累了，才會不知不覺睡著。

他看了看自己的皮包，剩下僅有的五百元大鈔一張，伸介的回憶跳回了打完麻將時，H和狗子對他說的話。

「伸介，我幫你找朋友來打牌是要讓你賺錢，不是要你輸錢啦！你已經連續輸了一個禮拜了耶！」狗子大罵。

「我也不想啊……但我怎麼打就是沒辦法像以前那樣子贏了啊……」伸介很納悶，也很懊悔。這時H將伸介叫到門外。

「高先生，有件事情我想跟你說。」H說。

「你說。」

「其實之前來打牌，祐希事後都把我輸了的錢給我，她說『這是幫朋友的麻將，所以你要過水，要打好牌給伸介。』我想在我之前，祐希找來的牌搭子應該也是一樣，我希望你能了解真相。」H說完後，拍了拍伸介的肩膀便離開了，只剩下錯愕的伸介，傻傻坐在自己的房間內。

伸介看著鬧鐘，心裡決定暫時不打牌了，還是先乖乖翻譯之後找份工作，好好活下去比較實際。

坐到電腦前，打開視窗，斗大的標題出現在雅虎首頁上。

「新一代歌神出爐！超級新人『樹』復仇成功！」伸介看著內文才發現，不知不覺中已經過了一年。想起了當時比賽的情景，伸介也替樹感到相當高興。

只不過，下面一則相關報導，則讓伸介再度黯然。

「曖昧情愫！性感女神伊娃傳最新追求者是新歌神——樹！」伸介看完標題後，立刻將視窗關閉，走到角落從垃圾桶中揀起了上個禮拜丟掉的剪貼簿。用狗子留下來的打火機，不留戀地點燃了。

與此同時，狗子來電了。

「兄弟，快點！需要你！SOGO錢櫃包廂916……」狗子一如往常呼喚著，只不過伸介卻有點愕然。

「拜託，狗子爺，我的錢打牌都輸光了，而且我也不能唱了……我去幹嘛啦？」伸介說。

「不怕，以你的實力，只要發揮個一成就可以把對方殺得落花流水了！快點啦，很多辣妹耶！」

狗子沒有等伸介回答就把電話掛了，留下伸介一臉錯愕。

「唱歌嗎？我有多久沒有握過麥克風了……」伸介的心中，其實還是非常渴望重新握住麥克風，畢竟，那曾經是他人生中，最耀眼的能力。

伸介在不到十坪的家中，來回走著。

「就算我不能唱歌、就算我唱歌不好聽，我還是喜歡唱歌，對吧？我還是喜歡唱歌呀！誰規定唱歌不好聽不能唱歌呢？」伸介越想越有道理，於是拿起桌上的零錢以及皮包中的五百元大鈔，往忠孝東路邁進。

夜貓子依舊很多，伸介也已經習慣性將帽子壓得低低的，不敢在眾人面前露出他的真面目。

搭著電梯上了九樓。

916。

每一次看到包廂號碼都會讓伸介興奮的這個過程，今天卻已經不再。取而代之的是在門口躊躇不定。他深呼吸著調整，想像裡面會有什麼樣的高手、想像自己現在的嗓音，到底可以唱到什麼地步。

伸介推開了門，走了進去。

但包廂裡只坐了狗子一人，什麼辣妹、什麼對手，半個人影都沒有。

「你找我約會？」伸介想起之前也有過這種情況，只不過，對手很快的就出現了。

「有點耐心吧！這次的對手很強的！」狗子說。

「算了吧！啤酒先來一手。」伸介笑著。

隨後狗子自己拿起了麥克風，高聲唱著伍佰的成名曲〈浪人情歌〉，聽得伸介好不舒服。

伸介啤酒一罐接一罐喝，卻只聽到狗子難聽的歌聲，一曲接一曲。

「媽的來不來呀?不來我閃了。」伸介已經有點酒意，起身就往門口走去，狗子還來不及抓住他，伸介已經握住把手，打開了門。

「伸介，等……」狗子大叫，卻也同時發現，伸介停在了門口，因為他的對手，已經來了。

伸介的臉上，充滿了複雜的情緒，因為，她終於出現了。

祐希。

Track 41

故事的開端

祐希和伸介，一個站在包廂外、一個站在包廂內。兩人對望著，卻是一句話，也說不出口。

就這樣過了十幾秒鐘……

「唉唷，來了呀！等妳半天了，先進來啦，先進來……」冷不防狗子從旁冒出，拉著祐希和伸介進到了包廂內，坐了下來。

「喝啤酒，來，我叫服務生再拿一手來！」狗子一個人興高采烈招呼著。

「好啦，我們三個人，好久沒有喝酒聊天啦！伸介，我總算沒有辜負你，對吧，我找到了祐希啦！來！」狗子舉起了杯子，向伸介和祐希比著。

伸介和祐希兩人互看了一眼，這時候祐希終於笑了，而伸介也因為祐希的笑容，心情逐漸放鬆。

「來呀，喝酒有什麼好怕的！高伸介，乾杯！」祐希恢復了精神，大聲喊著。

「哈哈，好！來……」伸介的心情也回復正常。

三個好友，高高地舉起了酒杯，痛快地乾了一杯。

隨後就進入了喝酒亂鬥的過程中，不是伸介和狗子划拳、就是祐希和狗子玩骰子，三個人開心地、忘我地喝著一手又一手的啤酒。

也不知道過了多久，祐希已經醉倒，而狗子自己一個人握著麥克風，還在高唱著伍佰的〈樹枝孤鳥〉。

「狗子……不行了，我再不走，走不了了……」伸介勉強支撐起自己，在包廂內滿地的啤酒罐中，找尋可以踩的空地。

「不行……不行……祐希沒辦法回去了，你送她吧……」狗子隨後寫了祐希的地址給伸介，兩人合力將醉倒的祐希扶起。

於是伸介攙扶著祐希，非常吃力地走到忠孝東路上叫車。不久後抵達了祐希租在新店的小套房，伸介一手抱著她，另一手在她的包包裡翻找鑰匙。一番折騰後，總算順利進了房間。

將祐希放置在床上後，伸介累壞了，自己一個人坐在地板上，大口大口喘息著。

過了兩分鐘後，氣息平復，看了看祐希的房間。是標準的女生房間，粉紅色調、Hello Kitty 娃娃及各式各樣的玩偶，與伸介印象中男性化的祐希，著實有相當大的出入。

祐希的書桌有著三個抽屜，也許是想起了她常提及小時候的照片，伸介好奇地拉開第一個抽屜。

果然，找到了三、四本相簿。伸介依照排列的順序，打開了放在最上面的第一本相簿，是這兩年的照片，有伸介與狗子，都是充滿他們三人回憶的照片。

「還不就是男人婆造型，哪裡有可愛漂亮了……」伸介自己在心中嘟囔著，隨手放下了第一本，又翻了第二、第三本。

接下來這兩本相簿，分別是祐希高中以及國中時期，那時候一直都是短髮造型，這讓伸介看得更是瞪大了眼睛。

「我看這傢伙從小到大都是這副德性吧……」就在伸介心裡這樣想的時候，看到了一張很面熟的國中女生照片。

「我看過這女生……啊！是當時向祐希告白那個。竟然還有留照片，明明就是女同……」眼尖的伸介，發現了這張照片特別地鼓起，很顯然照片背後還有藏著別的東西，於是他將照片抽出，拿出了放在照片後的小信封。

「給……高伸介?」信封上面署名的竟然是伸介本人，這使他按耐不住好奇心，打開了信封，拿出了信紙。

「親愛的高伸介同學，我是隔壁班的同學，一直很仰慕你，很想和你做朋友，希望可以知道你的答覆，附上我的照片 XXX。」

伸介恍然大悟，原來當年這女孩子是要透過祐希拿情書給自己，而從這件事情看來，伸介才察覺，祐希應該從國中時代，就已經喜歡自己……

伸介本能看向祐希，熟睡中的她雖然留著短髮，但在此刻伸介眼中，卻特別嫵媚。

伸介放下了前面三本相簿之後，翻開了最後一本。果然，那應該是祐希小學的照片，只不過，看不到半張祐希的照片，反而是一大堆小學生。而那些小學生，竟然看起來，如此的熟悉……

懷著疑惑的心情持續往下翻，接下來的照片更讓他驚訝。因為後半部份全都是一個小男孩的照片，而且是在小學的禮堂裡，在許多人的面前，拿著麥克風唱歌表演的照片。

那個小男孩，就是伸介。

伸介驚訝地不停往後翻，竟然多達十幾頁，全都是他小學的照片。翻著翻著，伸介發現了更加驚訝的一點——這一系列的照片都是從同一個角度拍的，也就是說，當天祐希是在禮堂裡的某個定點，不停地拍伸介。

伸介拿起相片將它拉遠拉近之後，嘴唇微微張開，因為他發現，那個拍照角度就是從禮堂門口望向舞台……

也就是說……祐希就是……

伸介不敢置信地迅速往後翻，他希望可以看到祐希小學的照片，終於在最後一頁，有一張長頭髮公主裝扮的小女孩。

伸介一眼就認出，這女生就是小時候在禮堂門口看著他唱歌的女孩，而他這時也確定，那張臉，就是祐希本人……

驚訝的伸介輕輕撫摸著照片，他不懂，這些事情，怎麼會演變成如此。只不過，他也發現在照片下面，藏有信件——這似乎是祐希收藏的習慣。

伸介拿出了祐希公主照後面的信紙，閱讀。

「這是我最後一張公主裝扮的照片了……因為，我愛上了一個男孩子，一個很會唱歌的男孩子。只不過，他竟然對女孩子過敏。在我決定向他表白之前，他竟然吐在另外一個女生的身上……可是，我真的很喜歡他！因此我決定剪掉我的頭髮，我要用哥兒們的形式接近他，也許這樣做，我才能夠離他近一點。」

望著祐希長頭髮的少女裝扮，伸介的眼眶紅了，他沒想過自己何德何能，可以讓一個這麼可愛的女孩，為了自己改變一切，包括平時對他的鼓勵，包括刻意找牌搭要讓自己贏錢。伸介一想到這些，整個心頭都酸了……

伸介走到了床邊，祐希依舊躺著，只不過是背對伸介的。伸介悄悄彎下身來，看著祐希。

「只不過，我已經不是那個很會唱歌的男孩子了……」伸介低著頭，像是後悔著自己不能及早了解身邊最重要的事情為何，難過地懺悔著。

忽然，祐希緩緩握住了伸介的手，只是她依舊躺在床上，沒有回頭。

「就算……高伸介……不能唱歌了，一樣是我心目中的……歌神。」不好意思回頭的祐希，終於說出了心中的話，而伸介的眼淚，也在祐希床邊落下……

別走開　給我一個時間對你說愛
手觸著心緩緩呼吸　深深地　感覺心在說我愛你
喔 baby　給我一個時間對你說愛
用我的心化做星星　填滿你寂寞的夜裡
從來不曾有過這樣的感覺　迫切渴望有每一個永遠
就讓轉動的世界停留在眼前　讓我對你說　對你說
我是真的付出我的愛　從今以後不會再更改
喔　讓我擁有你到未來　我是真的付出我的愛
從今以後就不會再更改　讓我擁有你全部的愛

〈我是真的付出我的愛〉　詞曲：小蟲

Track 後記

這本書在我個人創作的過程中，其實算是有點難度的。

原因之一，這不是用第一人稱寫的，很多描述上或是形容的字句上，就變得和我之前寫愛情小說時有些不同。

原因之二，因為不是愛情小說，以至於在寫的時候，我自己的壓力很大，很擔心讀者們會無法接受，或是拿來和之前的作品比較。我雖然知道這樣的事情在所難免，但還是因此來來回回不停修飾了好幾遍。

原因之三，用文字描寫藝術——無論是音樂或繪畫，都不是一件容易的事情。如果今天是拍影片，可能就只要一個歌手上台唱歌，便省略掉了我所有的形容詞，而要用文字好好描述我心目中經典的歌曲，就是會有那麼點困難了。

不過其實這種故事，我個人想探討的是，才能，到底有什麼意義？

當一個人愛上另一個人時，如果是愛上他的才華，那麼這是否算是真正的戀愛呢？

雖然，通常才華於人應該是一輩子都不會消逝的事情。因此，日常生活上無法去判斷這樣的情況，如果原先吸引妳的才華不見了，妳還愛他嗎？

這樣的事情之於男人對女人，就有點像是，原先愛上她的美貌，年華過去之後，身材走樣、皮膚老化的另一半，還會是你愛的那個人嗎？

說穿了，好像任何一個題材在我寫來，其實都在探討愛情……

當然，在自序裡我也提到過，對於台灣沒有把這樣的流行音樂歷史，做一個很棒的紀錄或是彙整，我個人覺得相當可惜。如果可以有什麼文獻或是節目，將每一年出過的專輯銷售量、年度最紅歌手或是流行風潮，精準記錄下來的話，我想一定可以讓熱愛流行音樂的人，回味不已的。

在這不景氣的年代裡，獻上這部小說，希望喜歡H作品的人，可以過著更滿足的人生。

感謝華語流行音樂裡，每個創作者以及演出者。

《歌神》——H的第五部作品。

我會持續創作。謝謝大家支持。

歌　神

作者 H

出版發行 橙實文化有限公司 CHENG SHI Publishing Co., Ltd
粉絲團 https://www.facebook.com/OrangeStylish/
MAIL: orangestylish@gmail.com

作　　者　H
總 編 輯　于筱芬 CAROL YU, Editor-in-Chief
副總編輯　謝穎昇 EASON HSIEH, Deputy Editor-in-Chief
業務經理　陳順龍 SHUNLONG CHEN, Sales Manager
美術設計　楊雅屏　Yang Yaping
製版／印刷／裝訂　皇甫彩藝印刷股份有限公司

編輯中心
ADD ／桃園市中壢區永昌路 147 號 2 樓
2F., No. 147, Yongchang Rd., Zhongli Dist., Taoyuan City 320014, Taiwan (R.O.C.)
TEL ／（886）3-381-1618 FAX ／（886）3-381-1620
MAIL: orangestylish@gmail.com
粉絲團 https://www.facebook.com/OrangeStylish/

全球總經銷
聯合發行股份有限公司
ADD ／新北市新店區寶橋路 235 巷弄 6 弄 6 號 2 樓
TEL ／（886）2-2917-8022　FAX ／（886）2-2915-8614

初版日期 2023 年 5 月